눈물 쏙? 행복 팡!

엄마성장육아

눈물 쏙? 행복 팡!

엄마성장육아

2014년 12월 24일 초판 1쇄 발행

지은이 이순영
펴낸이 임두혁
편집 최인희 김삼권 조정민
디자인 허선인
펴낸곳 나름북스
등록 2010. 3. 16 제2010-000009호
주소 서울 마포구 동교로18길 31 302호
전화 02-6083-8395
팩스 02-323-8395
이메일 narumbooks@gmail.com
홈페이지 www.narumbooks.com

ISBN 979-11-86036-02-0 03810

눈물 쏙? 행복 팡!

엄마성장육아

이순영 지음

들어가는 글

누구나 알고 있듯 가장 좋은 엄마는 행복한 엄마입니다. 아이를 잘 키우고 싶다면 엄마의 행복부터 챙겨야 합니다. 하지만 아이를 키우다 보면 몸과 마음이 쉬이 지쳐 행복하지 않다고 느낄 때가 많습니다.

좋은 엄마는 평생 노력하며 만들어가는 것입니다. 육아서에 나오는 모범 답안처럼 살 수 없는 것은 당연합니다. 내 아이의 가장 중요한 시기에 양질의 교육을 하고 많은 경험을 쌓아 주어야 한다고 생각하는 엄마들은, 넘쳐나는 정보에 갈팡질팡하다 조급해집니다. 많은 노력이 오히려 아이에게 짜증으로 다가가기도 합니다. 아이는 최고로 키우고 싶은데 현실은 기대에 못 미치니, 엄마는 마음앓이를 하고 고스란히 아이에게 악영향을 미칩니다. 이런 악순환이 계속됩니다.

육아에 대한 요즘 엄마들의 노력과 헌신은 엄청납니다. 아이와 대화할 때의 말투, 바른 육아 태도에 대한 공부는 물론 전문가 자문이나 교육학 공부까지 합니다. 아이를 위한 더 좋은 물건, 더 좋은 음식, 더 좋은 장소를 찾는 정보력도 필수입니다. 이렇게 많은 노력을 육아에 쏟아부으니 엄마도 지치고 아이도 지치는 것일지도 모릅니다. 과연 이 모든 노력이 우리 아이에게 도움이 되는 걸까요?

엄마가 힘들고 짜증나면 아무리 올바르고 좋은 이야기라 하더라도 진정으로 마음에 담아 실천할 수 없습니다. 조금이라도 내 아이의 마음을 더 헤아려 주고, 아이의 편이 되어 주고, 지친 아이를 편히 쉬게 하는 것이 진정한 엄마 역할이라고 생각은 하지만, 욕심이 늘어 이 마음이 뒷전이 된 건 아닌지 돌아봐야 합니다.

물론 인간은 매 순간 의지에 따라 행동하기보다는 습관적으로 살아갑니다. 이미 젖어 있는 나쁜 습관이 무의식적으로 나를 지배하고 있으므로 아무리 좋은 이론을 알고 있더라도 그게 행동으로 잘 옮겨지지 않는 것입니다. 그렇다고 이대로 살아갈 수는 없습니다. 우리의 운명이 무의식에 좌우되는 괴로움에서 벗어나고 싶다면 우리는 더 지혜로워야 하며 나쁜 습관을 고치기 위해 노력하고 연습해야 합니다. 인간은 아는 것을 바탕으로 할 수 있는 것을 지향하는 존재입니다. 이론을 이해하고 이것을 활용하는 데까지는 자기 노력이 필요합니다. 이러한 노력만이 새로운 무의식적 습관을 만들어 낼 수 있습니다. 이러한 과정이 수행입니다.

그렇습니다. 엄마는 늘 수행해야 하는 사람입니다. 매일 아이와 새로운 상황에 부딪히면 그에 따른 반응을 모두 예측할 수 없습니다. 내 아이에게 상처가 되는 말과 행동을 하지 않기 위해서는 엄마 스스로 감정을 컨트롤할 수 있어야 합니다. 마음의 힘을 길러야 힘든 상황이 와도 큰 동요 없이 극복할 수 있습니다. 그렇기 때문에 육아의 시작은 엄마의 변화에서 비롯된다고 할 수 있겠죠. 인생의 방향을 바꾸는 것은 그게 언제든 결코 늦지 않습니다. 내가 가진 것 안에서 받아들일 것은 받아들이고 버릴 건 버리며 남은 건 더 좋게 만들어 가야 합니다.

많은 엄마들이 육아를 하며 정신적으로 육체적으로 어려움에 직면하지만, 이를 극복하고 성장 발전할 수 있다면 우리의 인생은 더 좋은 방향으로 나아가게 됩니다. 그러므로 육아는 나의 인격을 완성해 나가는 과정이라 여겨야겠지요.

이 세상 모든 엄마들은 자기의 위치에서 나름의 최선을 다하고 있고 분명 배울 점도 있습니다. 육아에 대해 무엇이 옳고 무엇이 틀렸다고 말하기도 어렵습니다. 다만 각자가 처한 환경 속에서 더 좋은 방법을 찾기 위해 자료와 정보를 적용도 하고 응용도 하는 것이지요.

이 책은 제가 아이 셋(채린, 채율, 채이)을 키우면서 마냥 좋지만은 않은 육아 현장에서 힘든 순간을 극복해 나가는 과정들을 담았습니다. 처음부터 너무 훌륭해 배울 게 없는 엄마였다면 책을 쓸 생각도 하지 못했을 것입니다. 저는 뛰어난 인품을 갖춘 것도 아니고, 엄마로서 탁월한 능력을 가지고 있던 것도 아닙니다. 또 살림면에서도 전반적으로 서툴러 늘 노력하며 살아야 하는 사람입니다. 마치 부레가 없어 움직이지 않으면 물에 가라앉는 상어처럼 말입니다. 그렇게 몸부림치며 부단히 학습하고 터득해 온 방법들을 적다 보니 이렇게 책으로 펴내게 되었습니다. 무수한 시행착오를 반복해 왔고 여전히 미숙한 면도 많지만, 저의 눈물겨운 노력들이 여러분의 육아에 도움이 되길 바랍니다. 저 또한 셋째를 낳고 많이 지치고 힘들 때 좋아하는 일을 열심히 하면서 마음을 다잡고 그와 동시에 엄마로, 어른으로 성장한 것 같습니다. 그중에 가장 큰 힘이 되었던 것이 바로 책을 쓰는 작업이었습니다. 역설적이지만 가장 힘들 때 제 스스로에게 도움이 되게끔 만든 육아 지침이 지금의 이 책이 된 것입니다. 글을 쓰는 동안 엄마로서의 제 능력이 좋아졌고, 그로 인해 참 행복했습니다.

그 어떠한 기적이나 마법보다도 강렬하지만, 당위적이기에 평범해질 수 있는 엄마의 사랑과 희생. 이제는 사회가 엄마의 공로를 자연스레 인정하는 분위기가 형성되면 좋겠다는 바람을 가져 봅니다.

아이들에게 긍정의 기운을 나눠 주고 서로에게 감사하고 공감하며 소중한 관계를 가꾸는 지혜로운 엄마가 되기 위해 지금부터 다시 노력합시다. 이 세상의 모든 엄마들에게 힘내시라는 말씀을 전합니다.

목차

제 3장 아이 마음 키워주기

제 4장 채트리오맘의 육아 노하우

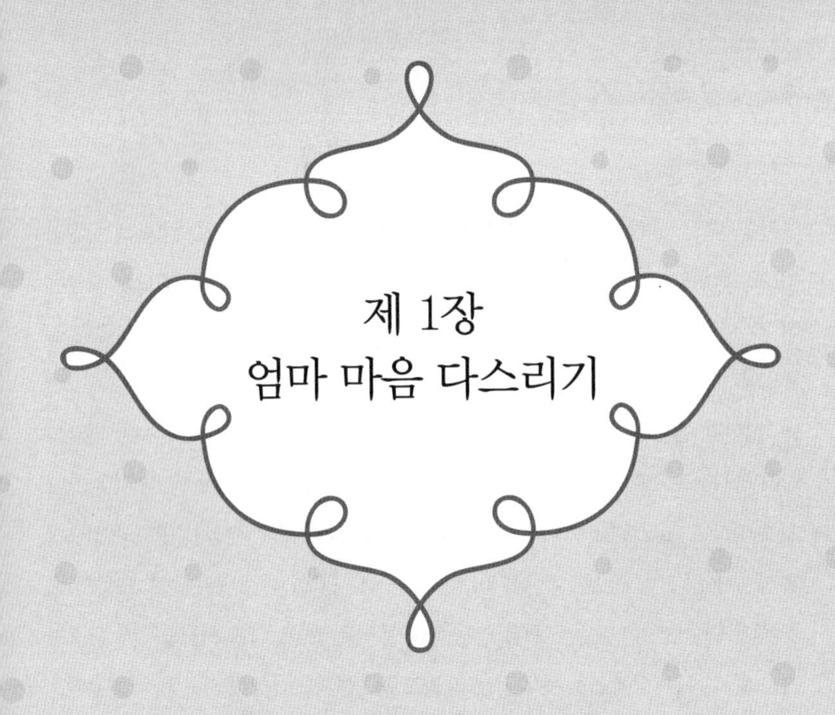

제 1장
엄마 마음 다스리기

아이를 낳고, 사랑하는 마음 하나면 될 줄 알았는데 그게 아니지요. 엄마 되는 일이 이토록 힘들고 어려운 일인 줄 누구 하나 알려주지 않았지만, 이구동성으로 자식은 잘 키우라고들 합니다. 남들은 다 잘하는데 나만 모르는 게 많은 것 같아 답답한 노릇입니다.

늘 "잘한다, 잘한다" 칭찬만 하셨던 친정 엄마마저도 제가 엄마가 되니, 쓴소리를 참 많이 하시더라고요. "아이들 혼내지 마라", "너 하고 싶은 건 나중에 애 다 키우고 나서 해라"라고요. 그런데 육아가 어디 제 맘대로 되나요. 삶의 현장은 언제나 전쟁터를 방불케 하고 뭘 어떻게 해 나가야 할 지 대책도 안 설 때가 많은 걸요. 모든 이에게 좋은 말씀을 설파했던 부처님 역시 아들 문제로 고심했다고 하잖습니까. 오죽하면 아들 이름을 '장애'라는 뜻의 '라훌라'라고 지었을까요. 성인군자도 자식 키우기는 힘들었나 봅니다.

저는 셋째를 낳고 나서 전업주부의 길을 걸었고, 친정 엄마의 육아 도움으로부터 독립하게 되었답니다. 그러면서 견디기 힘든 순간이 참 많았습니다. 아이가 셋이 되니 희로애락은 3배가 넘더군요. 내 몸이 딱 셋이면 좋겠단 생각을 참 많이 했습니다. 그렇다고 엄마이길 포기하고 나 좋을 대로 할 수는 없는 법. 그럴 때마다 '주사위는 이미 던져졌다'는 말을 떠올렸습니다. 주어진 것들 안에서 지금의 상황을 개척해 나가는 것이 곧 나의 능력이고 실력이라 믿고 나를 가다듬는데 신경을 썼습니다. 인생이나 양육에 지침이 되는 책을 늘 옆에 두어 읽고, 부모 교육을 다니며 마음을 다스려 왔답니다.

엄마는 첫째로 평정심을 잘 유지해야 하고 그러기 위해 늘 노력해야 합니다. 저는 아이가 셋이나 되니 종종 통제력을 상실하는 경우가 생겼습니다. 그래서 아이를 어떻게 하기에 앞서 저의 감정 조절을 더 중요하게 여겼습니다. 지금의 상황을 현실적으로 인식하고 이 자리에서 할 수 있는 최선의 행위를 하려고 했습니다. 그러다 보니 현재에 만족하는 방법도 나름 터득하게 되었습니다. 세 아이 모두에게 아이 하나를 키우듯 온갖 신경을 써 줄 수 없다는 것을 받아들이고, 경제적 지출이나 함께해 줄 수 있는 시간도 합리적으로 분배하기 시작했습니다. 그러니 아이들에 대한 욕심도 줄여 나갈 수밖에 없었지요. 그러면서 엄마인 저도 어른이 되가는 것이라 생각했습니다.

맹자는 "지키는 일 중 가장 중대한 것은 자신을 바르게 지켜 불의에 빠지지 않는 것"이라고 말했습니다. 육아 역시 엄마가 자신을 지켜야 불행한 길로 흐르지 않습니다. 그만큼 육아에 있어서는 내 마음을 잘 다스리는 일이 가장 중요하지요. 나의 상황이 좋을 땐 최고의 엄마가 될 수 있습니다. 하지만 육아가 힘든 것은 좋은 상황보다 좋지 않은 상황에 더 많이 노출되기 때문입니다. 많은 육아 문제와 갈등은 내가 힘들고 지쳐 있을 때 아이에게 하는 행동과 말에서 비롯됩니다. 이때를 대비해 준비해 두어야 할 장치가 절실히 필요합니다. 이러한 예방 작업이 철저해야 순조로운 육아를 할 수 있습니다. 아이를 위하기 이전에 엄마 스스로를 소홀히 하면 안 되는 것입니다.

그럼 이제 엄마 마음 다스리는 비법을 알아보겠습니다.

엄마는 강하다? 한없이 약하다!

우리는 이미 엄마는 강하다는 것을 잘 알고 있습니다. 소중한 아가와의 만남을 위해 출산의 고통부터 이겨내지 않습니까? 정말 자연분만은 경험하지 않고서는 도저히 그 아픔을 예측할 수 없다고 확신합니다. 분만의 과정을 겪고 나니 왜 사람들이 모성애 모성애 하는지 절실히 느낄 수 있었고, 귀하고도 위대한 생명을 얻으려면 그에 상응하는 고통이 크다는 말도 제대로 이해했습니다. 그렇게 내 소중한 아기를 만나니 하나님께서 생명의 소중함을 절실히 깨닫게 하시느라, 분만의 고통을 주셨나보다 했습니다.

그. 러. 나!

엄마가 되면 알게 되는 또 한 가지는 세상에서 가장 힘든 일이 육아라는 사실입니다. 우는 아기를 밤잠을 설쳐 가며 달래면서 아기가 혼자 자라는 것이 아니라는 걸 깨닫기 때문이죠. 아기의 생존 여부가 전적으로 엄마에게 달려 있기에 아기와 엄마의 관계는 기본적으로 엄마의 사랑과 희생 없이 성립되지 않습니다. 아이가 최소한의 자립된 행동을 하기까지 3년이라는 시간이 걸리기 때문에 부모가 옆에서 아이의 성장을 도울 수밖에 없지요. 옛날엔 부모에게 그 은혜를 갚기 위해 부모 죽은 다음 3년 상을 치르기까지 했습니다.

아이를 낳고 기르는 것은 축복과 동시에 인격을 성숙하게 하는 아주 획기적인 사건임이 분명합니다. 하지만 저는 세 아이를 낳고 엄마는 한없이 나약한 존재임을 깨달았답니다. 산후 우울증이 아니더라도 아이가 어릴수록 엄마는 예민합니다. 나 한 몸 추스르기도 힘든데 아이까지 책임져야 하니 힘이 안 들 수가 없죠. 특히 이 예민함은 첫 아이를 낳았을 때 보다 둘째를 낳았을 때, 그리고 셋째를 낳았을 때 더 심하게 찾아옵니다. 어린 아기를 보는 것만으로도 벅찬데, 거기에 또 딸린 아이들이 있기 때문입니다.

이런 일들은 임신 중의 어려움과 전혀 다른 이야기입니다. 임신 시기엔 내 안에 소중한 생명이 자라고 있고, 엄마라는 이름을 부여받았다는 것만으로도 가슴 벅차오르는 감동을 품게 되지요. 뱃속에서 꿈틀

거리는 아이의 태동을 느낄 때면 내가 엄마라는 사실이 감사하게 여겨집니다. 그리하여 임신 중에 엄마 뱃속 열 달의 가르침이 태어나 스승의 십 년 가르침보다 중요하다며 좋은 생각만 하고 좋은 음식만 가려먹고 열심히 태교도 할 수 있습니다. 그러나 이렇게 소중하게 여겼던 한 생명을 낳아 기르면서 사정이 달라집니다. 사랑하는 아이를 만나게 되면 아이와 함께하는 모든 순간에 감사하고 내 아이가 늘 환하게 웃을 수 있도록 더 큰 마음으로 사랑하겠다던 약속이 흔들리기 시작합니다. 아이가 마음속의 아름다움을 발견하게 해주고 푸른 미래를 맞이하도록 자부심을 심어 주겠다던 말들도 마구 흩어집니다. 엄마 아빠에게 와준 것만으로도 고마웠던 임신 중과는 모든 것이 딴판이 되어 있습니다.

왜 그럴까요? 당연히 엄마가 힘들기 때문입니다. 흔히들 엄마를 신의 대리인이라고 하지요. 하지만 여기서 중요한 점은 엄마가 신이 아니라는 것입니다. 엄마도 인간이고 사람입니다. 심리학에서는 자기 스스로 상황을 통제할 수 없으면 스트레스가 가중되고 자기 스스로 통제할 수 있을 때 스트레스가 감소되는 현상을 '통제감 효과'라고 합니다. 그런데 아이를 키우면 통제감이 줄어들기 마련이죠. 다시 말하면 통제할 수 있는 상황들이 없어지면서 무력감에 빠지게 됩니다. 설거지를 하려 해도 아이가 다리를 붙잡고 울고, 집안을 깨끗이 유지하고 싶지만 아이와 씨름하다 보면 너저분해진 집을 방치할 때가 한두번이 아닙니다. 하고자 하는 일들을 하지 못하게 되는 상황이 발생하는 것이지요. 즉 스트레스 상황이 엄마들에게 너무도 자주 일어난다는 것입니다.

이럴 땐 아이를 잘 키워야 한다는 생각에 앞서 엄마 먼저 힘든 짐을 내려놔야 합니다. 집안일, 요리, 육아 모두 다 잘하려는 욕심을 버려야 합니다. 남편의 도움은 물론 친정어머니든 시어머니든 주변 사람들의 도움을 받을 수 있는 만큼 다 받아야 합니다. 엄마 스스로가 안정을 취하기 위한 휴식 시간을 많이 가져야 합니다. 그래야 힘이 들더라도 마음을 가다듬고 육아를 좀 더 잘 할 수 있습니다.

물론 누군가에게 지원받을 수 없는 상황일 수 있습니다. 저는 이럴 때면 '대강' 마인드를 적용합니다. '집안이 늘 깨끗하지 않아도 돼', '완벽할 필요는 없어' 라고요. 그리고 예전에 누군가 저에게 해 줬던 말을 떠올립니다. "깨끗한 엄마는 오히려 좋은 엄마가 아니다" 집안을 치우는 시간만큼 아이와 놀아 주지 못했다는 이야기니까요. 이 말을 떠올리면 마음이 좀 편해지더라고요. 아침 준비를 하는 상황에서도 매일 밥을 먹여야 한다는 생각을 버리고 급할 때는 시리얼이나 빵을 먹여 유치원에 등원시키니 아이들과 갈등할 일도 줄어들었답니다. 시간이 지나 아이들이 성장하고, 매일 아침밥을 먹이고도 등원 준비를 잘할 수 있는 날도 오긴 오더라고요. 시간이 지나면 해결이 된다는 것은 우리가 경험으로 알고 있는 것들입니다. 아이가 크면 또 새로운 문제들에 당면하겠지만, 지금 겪는 문제들은 자연스레 해결될 수 있습니다.

저는 힘이 들 때면 '나의 능력이 늘어나려고 그러는구나'라고 생각합니다. 돌이켜 보면 아이를 낳고 엄마가 되고 거기에 적응하기 위해 능력들을 쥐어짜낼 때가 가장 힘든 시기였습니다. 그렇지만 끝나지 않을 것 같던 힘든 시기가 지나가고 어느 순간 엄마로서의 능력이 신장되어 있는 시간도 거짓말처럼 다가옵니다. 물론 적응하던 시간들을 떠올리면 지금도 '에효~' 하는 한숨이 절로 나오지만, 그때의 힘겨웠던 기억들 때문에 '지금은 뭐든 못하겠나? 그 힘든 시간도 이겨냈는데…' 하는 생각도 덩달아 듭니다. 그만큼 여유가 생긴 것이겠지요.

무엇을 '해야만 한다'는 생각이 나를 더 지치게 만듭니다. 엄마는 아이 키우는 일을 하고 있으니까 모든 걸 혼자 살 때마냥 해낼 수 없습니다. 밥해 주는 사람, 청소해 주는 사람이 각각 있지 않은 이상 육아는 힘들 수밖에 없습니다. 현실의 자아와 이상적 자아의 괴리감이 크면 정신에 병이 생기기 마련입니다. 엄마에게 주어진 역할이 지나치다 싶으면 나의 현실을 감안하여 지금 정말 필요한 일들만 순차적으로 하는 것이 나의 정신과 마음에 평화를 가져다 줄 것입니다. 육아를 하는

데 있어서 "해야만 하는 일"의 목록을 줄이는 것도 좋은 방법이 아닐까 싶습니다. '아이를 키우니까 집이 지저분할 수도 있지.' 이런 생각 하나가 마음을 편하게 해 줄 수 있습니다. 무거운 짐들은 하나씩 빼 두어야 엄마도 삽니다.

모든 부모는 전생에 아이한테 진 빚이 많아 부모의 위치로 태어난다는 이야기가 있습니다. 저는 아이들을 키우면서 힘들 때 이 이야기를 떠올립니다. 그러면 또 '내가 지금 빚을 갚고 있는 과정이야. 내가 이 아이한테 전생에 진 빚이 많아서 그래' 하며 지나갑니다.

인간에게는 누구나 발달 과업이라는 게 있습니다. 아이들도 발달 과업에 따라 성장하지만, 아이를 키우는 엄마도 인생에서 가장 어렵고도 중대한 발달 과업을 치르고 있습니다. 이 힘든 시기를 엄마가 현명하게 잘 지낼 수 있다면 아이도 힘든 상황을 지혜롭게 이겨내는 법을 배우고 이 모든 것이 아이에게 귀중한 자산이 될 것입니다.

힘들지만 내부의 힘을 길러 소중한 아이를 존중해 주어야 합니다. 책임감을 가지고 엄마의 기적 같은 힘을 발휘해야 합니다. 30대 젊은 엄마가 1톤 트럭을 번쩍 들어 바퀴에 깔린 아이를 구했다는 이야기도 있지 않습니까. 자식을 위해서라면 초인적인 힘도 발휘하는 사람이 엄마인데 못할 것이 뭐가 있겠습니까?

아무리 힘든 일일지라도 다 지나가게 되어 있습니다. 흘러가는 시간 속에서 내 아이를 위해 그리고 나를 위해 삶이 좋은 방향으로 흐르도록 노력해야 하지 않을까요? 김수환 추기경님은 "외적으로 어려울 때일수록 내적으로는 더 심화되고 마음의 문이 열려서 인생을 더 깊이 볼 수 있습니다. 지금이 만약 시련의 때라면 오히려 우리 자신을 보다 성장시킬 기회가 주어졌다고 생각하세요"라고 하셨습니다. 이 힘든 시간들이 나를 좋은 방향으로 변화시키고 있는 건지도 모릅니다. 힘을 냅시다.

'좋은 엄마'가 되기 전에 '좋은 나'를 만들자

비행기를 타면 이륙 전에 비상사태 발생 시의 행동 요령을 안내해 줍니다. 그런데 산소마스크가 필요한 상황이 왔을 때 아이 먼저 씌우는 것이 아니라 반드시 부모 먼저 쓰고 그 다음에 아이에게 씌워 주라고 하지요. 위기 상황에선 항상 노약자가 우선인데, 기내에서는 그렇지 않은 건지 의아할 만합니다. 그런데 다시 한 번 천천히 생각하면 참으로 맞는 말입니다. 부모가 호흡을 하지 못하면 자식을 도울 수 없기 때문이지요. 육아도 마찬가지입니다. 좋은 엄마가 되기 위해서는 엄마의 책임과 의무를 살피기 이전에 나의 상태를 좋게 만드는 것이 중요합니다. 내가 숨 쉬지 못하는 상황에서 아이를 잘 키워 낸다는 것 자체가 어불성설이기 때문입니다.

제가 아이 셋을 키우면서 가장 싫었던 제 모습은 분노를 조절하지 못하고 아이에게 화내는 것이었습니다. 힘든 상황이 아이들로부터 온다는 생각이 드는 순간 아이에게 화살을 돌리는 것이었습니다. 그러고 나면 꼭 아이에게 이런 식으로 대해야 했나 하는 나의 비겁함에 수없이 후회하곤 했습니다. 그래서 제가 아이들에게 화내는 이유가 무엇인지에 대해 생각해 보았습니다. 곧 내가 화내는 이유가 내 안에 있다는 것을 깨달았습니다. 아이들이야 철 없고 행동도 어른스럽지 못한 것이 당연한데, 이를 속 좁게 받아들이는 나에게 근본 원인이 있었습니다. 내 상황이 좋으면 아이한테 화를 낼 일도 적어지고, 반대로 내 상황이 안 좋으면 아무 것도 아닌 일을 그냥 넘길 수 없으니까 말입니다. 그러니 아이는 그저 내 안의 화를 분출하는 대상일 뿐이지 이 아이 자체가 '화'의 이유가 아니라는 생각이 들었습니다. 문제는 내 안에 존재하던 '화'인 것이지요. 즉, 내가 행복할 땐 모든 일들이 다 괜찮게 여겨집니다. 아이들에 관한 것도 남편에 관한 것도 부드럽게 해결하고 넘어갈 수 있는 것입니다.

일생의 모든 순간에 문제는 존재합니다. 그래서 내 인생에 문제가 있는 것은 어찌 보면 살아가는 하나의 과정입니다. 다만 진짜 문제는 그 문제에 대처하는 나의 태도가 아닌가 싶습니다. 아이가 엄마 말을 안 듣는 것이 문제가 아니라 이를 받아들이지 못하는 내 태도가 문제일 수 있습니다. 내가 아이의 온갖 짜증을 받아들이고 이겨낼 수 있는 위치가 되면 아이의 짜증은 문제될 것이 없습니다. 하지만 내가 나약한 상태에서 아이가 짜증을 내면 그것을 빌미로 내 안의 나약함이 악한 형태로 표현될 수 있습니다.

아이가 셋이 되니 제 능력과 힘의 부족을 느낄 때가 한 두 번이 아니었습니다. 이런 상황에서 저는 화내지 않는 엄마가 되기 위해서 아이들을 변화시킬 것이 아니라 제 자신이 변해야 한다고 생각했습니다. 나의 발전이 곧 아이의 발전이고 이것이 우리의 발전이 될 수 있다는 깨달음도 얻게 되었습니다.

저는 지금도 끊임없이 나를 좋게 만드는 일이 무엇일까 생각합니다. 제가 찾은 가장 좋은 방법 중 하나가 바로 독서입니다. 책은 육아로 인한 고민과 방황 속에서 길을 찾도록 도와줍니다. 저는 아이를 키우면서 육아서는 필수적으로 읽고, 수필이나 심리학 책을 함께 읽었습니다. 돌아보면 책을 읽지 않았던 육아 기간들이 특히 힘들고 지쳤던 것 같습니다. 반면 책을 읽는 기간에는 엄마 역할을 좀 더 현명하게 할 수 있었습니다. 그래서 저는 지금도 일주일에 한 번쯤은 꼭 혼자만의 시간을 갖고 책을 읽으며 독후감을 쓰고 있답니다.

사실 저는 외향적인 성격이라 스트레스 푸는 방향도 밖을 향합니다. 그래서 독서처럼 혼자 하는 것보다는 사람들과 수다를 떨면서 스트레스를 푸는 것에 더 익숙했습니다. 그렇다고 내 안에 있는 것들을 풀어 놓고 나면 스트레스가 해결되느냐? 그렇지도 않습니다. 이 때 제가 의지한 것이 바로 독서였습니다. 책을 읽고 공부를 하고 그 안에서 지혜를 얻는 과정을 반복했습니다. 스트레스를 내 안에서 해결하려고 노력한 것이지요. 이러한 일들이 저에게 많은 도움을 주었습니다.

독서로 내부의 힘을 기를 수 있었고, 이렇게 길러진 내부의 힘으로 나의 상태를 괜찮게 만드는 데에 주력했습니다. 또 갈등 상황이 오면 이를 객관화하는 능력을 기를 수 있게 되었습니다. 남의 일은 해결 방법을 찾기 쉬운데 내 일은 그렇지 못한 것은 지극히 주관적으로 접근하기 때문입니다. 내 문제도 객관적으로 다가가면 해결이 쉬워집니다.

내부의 힘이 길러지니 모든 상황에서의 초점을 '남'이 아닌 '나'에 맞출 수 있었습니다. 나에게 초점을 맞추면 내가 나를 도울 수 있는데, '너' 때문으로 돌리면 인생의 주체가 되지 못한 '나'로 인생을 살아가야 합니다. 예를 들어 "너는 엄마 말을 안 들어"에서 끝나면 포커스가 '너'에게 맞춰져 있기에 끊임없이 잔소리를 하게 되지만, "내가 너에게 제대로 설명을 안 해 줬구나"라고 다가가면 문제 해결의 열쇠가 나에게 있기 때문에 갈등의 해결이 빠르고도 명쾌해집니다. '너'가 엄마 말을 안 들은 게 문제라면 문제 해결은 늘 '너'에게 달려 있는 것입니다. 그런데 내가 설명을 잘 안 해 준 것에 생각이 미친다면 다음부터 잘 설명하는 것으로 문제가 좀 더 쉽게 풀리는 것이지요. 나의 행위를 내가 책임지면 삶이 간단해집니다. 상대방의 행위는 나의 의지로 해결될 수 없기에 답답해집니다. 그러니 상대방에게 문제 해결을 떠넘기면 상대방의 변화를 기다려야 하고, 그렇지 않으면 모든 갈등이 미해결 과제로 남게 됩니다. 하지만 내가 열쇠를 쥐고 있으면 내가 이 갈등을 해결하면 됩니다.

결국 문제 자체보다는 문제를 크게 부풀리느냐 작게 축소시켜 해결하느냐가 중요합니다. 우리 삶 속에 문제는 얼마든지 있습니다. 그러하기에 문제가 있다는 건 자연스러운 일입니다. 다만 그 문제를 어떻게 대처하느냐의 태도가 문제가 되는 것입니다.

이렇듯 제가 자신을 좋게 만들기 위해 기질을 변화시키는 노력을 했다면, 또 그와 반대로 제 기질적인 욕구를 충족시키기 위해 한 일도 있습니다. 외향적인 기질을 고려해서 이웃들과 만남의 자리를 가졌습니다. 엄마들끼리의 수다 모임 또한 양육의 스트레스를 줄이는 좋은 방법이 되기 때문입니다.

내 아이 또래 아이를 둔 엄마와 만나는 것이 모임 형성도 쉽고 육아의 고충에 대한 공감의 장을 마련하기도 수월합니다. 아이들의 연령대가 다르면 나의 고민을 상대방이 이해 못하는 경우가 왕왕 생겨 때로 마음이 상할 수도 있습니다. 외로움에서 벗어나고 즐겁기 위해 모임에 나간 건데 오히려 스트레스를 받아 집에 돌아오면 나와 내 가족에게 안 좋은 기운이 넘어가게 된다는 점을 고려하여 모임 또한 신중해야 합니다.

아이를 키우는 엄마는 주변의 영향을 쉽게 받는다는 점을 고려해 부모 교육 모임도 만들었습니다. 서로 좋은 양육 태도를 길러 보자는 취지에서였지요. 내 가족의 평화와 나 자신의 성장을 위한 시간도 갖고 품앗이를 통해 아이들과 엄마 모두 즐거운 모임도 해 보았습니다. 물론 수다 모임에도 큰 의의가 있습니다. 스트레스 해소도 되고 재미도 있지요. 그렇지만 행여 모임에서 남편 험담을 한다든지, 아이들을 키우며 힘든 일들을 하소연한다든지 하는 방향으로만 흐르게 되면 상황이 좋아지지 않고 계속해서 불평만 해대는 일이 반복됩니다.

불평불만을 내뱉는 일은 내 생각들을 나쁜 곳에 묶어 두는 주술과 같습니다. 나쁜 이야기를 하고 나쁜 이야기를 들으니 스트레스가 풀리는 게 아니라 그 스트레스 속으로 나를 옭아매는 결과가 되었지요. 그러니까 가정에서 받은 스트레스를 다른 사람에게 말하면서 풀어버리면 다시 가정에 돌아왔을 때 또 스트레스가 되는 이야깃거리를 찾게 되고, 또 그걸 밖에 나가 수다로 푸는 식의 악순환이 계속되는 겁니다. 서로가 안 좋은 얘기만 하니 나쁜 이야기에 젖어 들게 되는 것이지요. 싱싱한 사과 옆에 썩은 사과를 두면 멀쩡하던 사과가 이내 썩는 것과 마찬가지입니다.

이런 것들을 깨닫고 저는 어느 순간부터 남편 험담을 안 하게 되었습니다. 험담을 하느니 차라리 그 에너지를 남편과 조화를 이루는데 쏟는 게 나을 거 같아서죠. 물론 다른 사람의 남편 험담을 듣는 것만으로도 안 좋은 영향이 생기기는 마찬가지입니다. 평소엔 생각지 못했던 점에 부정적 잣대를 하나 얻어 내 남편을 바라보게 될 수 있기 때문입니다. 불평거리만 한 가지 더 늘어나는 겁니다.

좋은 이야기만 듣고 지내면 좋은 이야기를 하게 되고, 나쁜 이야기만 들으면 나쁜 이야기밖에 할 말이 없는 경우가 많습니다. 험담을 자주 들으면 험담하는 사람이 되기 쉽죠. 결과적으로 험담은 안 하는 것뿐만 아니라 안 듣는 것도 중요합니다. 물론 내가 다른 사람의 감정과 이야기를 잘 다룰 능력이 있다면야 들어 주고 치유해 주는 것이 좋은 일입니다. 그런데 만약 내가 조금이라도 영향을 받을 수 있는 상황이라면 험담을 들어 주는 일도 조심해야 합니다. 험담은 매일 먹는 밥이 아닌 특별한 간식 같아서 내 안에 더 잘 스며듭니다. 좋은 이야기보다 더 솔깃하지요. 그래서 내가 컨트롤할 수 없다면 듣는 것도 자제할 필요가 있습니다. "분노를 품은 자와 사귀지 말며 울분한 자와 동행하지 말지니 그의 행위를 본받아 네 영혼을 올무에 빠뜨릴까 두려움이니라." (잠언22:24-25) 이 말을 깊이 생각해 볼 필요가 있겠지요.

같은 시간을 모임에 쓰더라도 좀 더 의미 있고 가치 있는 모임으로 성장하고 발전해 나갈 수 있다면 더 좋을 것입니다. 나의 힘든 상황을 하소연하는 자리가 아닌 내가 가진 긍정의 기운을 공유하는 겁니다. 서로에게 감사하고 공감하며 소중한 관계를 가꾸는 모임이 엄마들에게 필요합니다. 나를 위해서도 내 아이를 위해서도 나에게 긍정적인 영향을 줄 수 있는 모임에 나가야 합니다.

모임을 갖더라도 아이를 키우고 있는 중요한 시기이니만큼 나와 맞는 이웃을 만나 육아에 관한 좋은 방법을 모색하는 것이 바람직합니다. 서로 좋은 엄마가 되기 위해 노력하고 그와 관련된 좋은 이야기를 끊임없이 나눌 수 있는 모임이어야 합니다. 내가 흔들릴 때 잡아 줄 좋은 이웃이 있다는 건 정말 든든한 일이지요.

사람마다 힘든 상황에서 벗어나는 방법은 다를 것입니다. 쇼핑을 하거나 음악을 듣거나 명상을 하거나 요리를 하거나 무엇인가를 배우거나 여행을 떠나거나. 뭐든 나에게 맞는 방법을 찾아 나를 좋게 만드는 일이 우선입니다. 좋은 엄마는 그 다음입니다. 스트레스가 많은 엄마는 아이에게 스트레스를 많이 줄 수밖에 없습니다. 육아를 하며 생긴 스트레스뿐만 아니라 밖에서 생긴 스트레스들이 고스란히 내 아이한테 간다는 건 생각만 해도 끔찍한 일입니다. 엄마들은 보고 듣고 말하는 것 모두 좋은 것들로만 채워도 모자랍니다. 나에게 안 좋은 영향을 끼칠만한 것은 멀리하고 좋은 것들만 가까이 하는 습관을 기르도록 해야겠습니다.

엄마의 질량이 넉넉해야 아이도 행복한 법입니다. 내 안에 좋은 게 많아야 좋은 것들을 꺼내 놓을 수 있지요. 내가 여유로운 상태에서는 내 아이에게 한결같은 사랑을 줄 수 있는데, 내가 힘들면 아이를 대하는 것도 각박해집니다. 그렇기 때문에 육아를 하면서 힘든 일들은 반드시 어딘가에 내려놓을 수 있어야 합니다. 그래서 힘든 일이 왔을 때 그것들을 이겨 내고 해결할 수 있는 방법을 미리미리 생각해 두고 늘 대비해야 합니다.

아이 셋을 낳고 너무 힘들었을 땐 밤에 잠이 들면서 내일 아침엔 일어나지 않았으면 하고 생각한 적도 있었습니다. 다시 아침이 되면 전쟁 같은 하루를 보내야 하고 아침 등원을 준비하면서 아이들을 야단치고 화내는 것이 너무 싫어 그런 생각을 했습니다. 그런데 시간이 지나고 나니 너무나 끔찍한 생각이었더라고요. 지금은 아이들 등원 준비 때문에 화날 일도 없어졌으니까요. 힘든 시간은 우리 삶에 언제든 들어올 수 있습니다. 그걸 어떻게 잘 극복하느냐가 우리의 진짜 능력입니다. 물론 능력이 없더라도 시간이 지나면 해결되는 것들이 대부분입니다. 지금은 그걸 알기 때문에 힘든 상황이 오면 그냥 더더욱 마음속의 여유를 키웁니다. '그래, 지금은 애들 키우고 있으니 어쩔 수 없는 거야.' 그리고 그 여유를 허락하지 않는 시선들은 좀 멀리 합니다. 그럼 됩니다.

나를 좋게 만들기 위해서 늘 좋은 책을 읽고 양육 태도가 좋은 이웃들을 가까이 해야 합니다. 잔인하고 폭력적인 내용의 영화나 뉴스를 멀리하고 좋은 음악을 듣고 여행을 다니고 산책을 하는 방법도 좋겠지요. 맛있는 음식을 만들거나 사먹고, 아이를 받아줄 수 있을 만한 체력을 기르려 노력하다 보면 자연스럽게 아이를 대하는 태도도 좋아질 것입니다.

도덕경에서는 가장 훌륭한 것은 물처럼 되는 것이라고 합니다. 저는 아이를 키우는 엄마란 존재가 그렇다고 봅니다.

낮은 데를 찾아가 사는 자세
심연을 닮은 마음
사람됨을 갖춘 사귐
믿음직한 말
정의로운 다스림
힘을 다한 섬김
때를 가린 움직임

이런 엄마는 아이를 낳았다고 해서 저절로 되는 것은 아니겠지요. 나를 바로 세우면 온 세상이 바로 선다고 하잖아요. 아이를 잘 기르려는 마음에 앞서 나를 먼저 잘 키워야 할 것입니다.

'나'의 분노를 이해하자

화를 내고 싶은 사람은 없을 것입니다. 특히 자녀들에게는 더더욱 그렇지요. 화를 내는 건 쉽지만 화를 이겨내는 것은 아주 어려운 일입니다. 육아를 하면서 아이들이 말을 잘 듣지 않는 것에 화가 나 아이들을 혼낸다고 해서 아이들이 말을 잘 듣게 되나요? 사실 그렇지 않습니다. 오히려 시간은 오래 걸릴지 몰라도 감정을 다스려 아이들을 대할 때 아이들도 엄마 말을 더 잘 듣게 됩니다. 좋은 엄마의 기본이 되는 것은 감정을 다스리는 힘입니다. 그렇다면 어떻게 분노를 다스릴지가 중요합니다. 분노로 인해 가까운 사람들이 상처받는 것을 원하는 사람은 아무도 없습니다. '분노는 밖으로 내보내면 타살, 안으로 담으면 자살'이라는 말이 있습니다. 이러지도 저러지도 못할 것이 분노이지요. 그런 면에서 분노는 배설과도 같습니다. 배설은 남들 앞에서 해결할 수 도 없고 내 몸에 담아둘 수도 없기 때문입니다. 정해진 장소에서 적절하게 처리해야 합니다. 그러니 분노 역시 적절한 상황에서 건강하게 잘 표현할 방법을 찾아야겠지요.

분노를 잘 표현하기 위해서는 먼저 분노에 대한 인지가 필요합니다. 내가 어떤 이유로 분노하는지 알게 되면 분노 시작 지점을 찾을 수 있습니다. 이 지점을 찾아내면 우리가 조절할 수 없던 분노를 스스로 다스리는 놀라운 일이 벌어질 수 있습니다. 틱낫한 스님은 분노를 아기 다루듯 조심스레 다루라고 했습니다.

그러기 위해서는 내가 가지고 있는 최초의 분노를 기억해 보는 일이 필요합니다. 그리고 이 분노가 나의 생활에 어떤 영향을 끼치고 있는지 생각해 내면 내가 일으키는 분노가 어느 포인트에서 발생하는지 알 수 있습니다.

만약 최초의 분노가 기억나지 않는다면 내가 어떤 행동을 할 때 부모님께 혼이 났었는지 떠올려 보세요. 그게 내 삶에 박혀 있어 동일한 상황이 되면 내 아이에게 각을 세우게 되기 때문입니다. 예를 들어 내가 짜증을 냈을 때 부모가 화를 냈다면 나 역시 내 아이가 짜증을 낼 때 화를 내게 된다는 것입니다. '아이가 짜증을 낼 때 부모는 화를 낸다'는 것을 학습했기 때문이죠. 이렇듯 우리가 받았던 상처는 고스란히 대물림되어 내 자식에게 이어갑니다.

사람은 좋았던 것보다 나빴던 것들에 많은 영향을 받습니다. 가족 안의 인습들은 우리가 원치 않아도 우리의 삶에 젖어 들기 마련입니다. 싫어도 배운 게 그것밖에 없기 때문에 그대로 내 자식에게 하게 되는 것입니다. 이를 패밀리 카피(family copy)라고도 하지요. 매 맞고 자란 아이가 커서 자녀를 때릴 가능성이 높고 알코올 중독 부모에게서 알코올 중독 자녀가 나오는 것도 이런 맥락입니다. 이렇듯 부정적 부모는 대를 잇습니다. 부정적 가족 규칙, 신념들로 인해 또다시 부정적 부모가 재생산되는 것입니다. 이를 멈추기 위해선, 지금 우리의 결단과 노력이 절실히 필요합니다. 지금 부정적 부모의 고리를 끊어 내면 흐름을 바꾸어 다음 세대를 구출할 수 있다는 희망을 버려선 안 됩니다. 이렇게 가계로부터 내려온 부정적 분노를 찾아냈다면 나의 내면을 들여다보게 된 것입니다. 나를 객관적으로 인지하는 순간부터 내가 건강해지는 길을 걷게 된다고 합니다. 이제 우리가 해야 하는 작업은 나의 부모에 대한 이해, 나에 대한 이해 그리고 아이에 대한 이해입니다. 사람에 대한 이해는 화를 누그러뜨리고 평화를 가져다주기 때문이지요. 우리가 이미 알고 있는 바와 같이 모든 분노의 종식은 바로 용서입니다.

용서하지 않으면 우리가 미워하는 사람들, 물건의 노예가 되고 과거에 묶여 현재를 살지 못하게 됩니다. 그리고 용서할 수 없는 분노는 상대를 해하기 전에 나를 먼저 해하게 됩니다. 그러니 역설적이지만 용서는 나를 위한 것이기도 합니다. 이 과정이 부모의 부정적 영향에서 벗어날 수 있고 나 자신을 이해할 수 있는 열쇠가 됩니다. 과거를 변화시킬 수는 없지만 과거가 내 삶에 미치는 영향은 변화시킬 수 있습니다.

진심으로 용서하기 위해서는 상대방에 대한 이해가 절실히 필요합니다. 우리의 부모 역시 부정적 토양에서 자랐기 때문에 자기 형편에 따라 자녀를 양육했고 그 안에서 무수히 자아와 싸우며 나를 기른 것입니다. 나 역시 아이에게 좋은 것만 주고 싶고 아이 옆을 따뜻하게 지켜주고 싶기에 내 안의 분노와 대적하고 있는 것처럼 말입니다. 내가 자라 온 것처럼 부모도 그렇게 자랐습니다. 부모가 자라 온 어린 시절의 이야기를 들어 보면 부모에 대한 이해가 좀 더 쉬울 것입니다. 내가 자라 온 환경보다 더 열악했을 가능성이 크기 때문이죠.

자신의 어린 시절을 가지고 이야기를 나눠도 좋겠지만 꼭 부모님의 어린 시절 이야기를 많이 들어 보세요. 인간의 사연은 그 사람의 역사를 들여다보게 되면 비로소 이해할 수 있게 된다고 합니다. 롱펠로(H. W. Longfellow)는 "적의 숨겨진 역사를 읽을 수만 있다면 우리는 슬프고 고통스러운 각자의 인생에 공감한 나머지 그에게 품던 적대감을 내려놓게 될 것이다"라고 했습니다. 적도 그러한데 하물며 내 부모의 역사를 알면 부모님을 이해할 수 있게 되지 않을까요?

이렇게 부모에 대한 용서의 마음이 생기기 시작했다면 그 다음으로는 나를 달래는 일을 하셔야 합니다. 부모가 나에게 끼친 부정적 영향에서 벗어나 나 자신을 이해하고 부모로부터 정서적 분화가 이루어진 성인으로 살아가기 위해서입니다. 지금껏 자라오면서 그 많은 상처를 극복하고 이렇게 아이들을 기르고 있는 나를 스스로 감싸고 위로하고 격려해 주어야 합니다. 내가 그동안 얼마나 힘들었는지를 이해하고 수용하고 보듬으면서 치유가 일어나게 된다고 합니다. 나의 가치를 회복하는 일은 꼭 남에게 도움을 받아야 하는 것이 아니라 나 스스로도 할 수 있는 것입니다.

내가 나를 인정하고 사랑하는 일은 중요합니다. 그래야 다른 사람과의 관계에서도 진실할 수 있습니다. 라이너 풍크가 쓴《내가 에리히 프롬에게 배운 것들》이란 책을 보면 "'나 자신'을 다루는 태도는 '타인'을 대하는 태도와 따로 떼어 놓고 생각할 수 없다"고 나와 있습니다. 또 "내가 나 자신을 온전하게 체험한다면 나는 곧 내가 바로 타인과 다를 바가 없는 사람이라는 것을 깨닫는다"고 합니다. 결국 내가 나를 사랑해야 다른 사람도 사랑할 수 있습니다. 나를 사랑하지 않는 사람은 다른 사람을 받아들이고 사랑하는 일 또한 힘들 수밖에 없습니다.

나를 보듬고 일으켜 세워야 내 안의 좋은 것들로 하여금 좋은 인생을 만들게 할 수 있습니다. 나의 긍정적인 것에 초점을 맞추고 장점을 찾아 지지 격려하면 성장의 원동력이 된다고 합니다. 사실 치유라는 것은 내 마음을 내가 원하는 대로 움직일 수 있다는 것이며 그로 인해 상처를 극복하는 힘이 생겨나는 것입니다. 즉, 치유의 과정에 있어 다른 사람의 도움을 받을 수는 있겠지만, 결국 마무리는 본인 스스로 해야 합니다. 마음에 치유가 일어나고 평온한 상태로 만들 수 있는 것은 나 자신이기 때문입니다. 이제는 정말 내 아이를 위해서라도 자신을 다독일 필요가 있습니다.

나 자신을 이해하는 작업이 어느 정도 되었다면 아이들을 이해해야 합니다. 우리의 아이들은 나의 기대만큼 잘 따라오지도 않고 내 마음대로 자라는 대상이 아닙니다. 내가 낳았지만 내가 창조한 소설 속의 주인공이 아니기 때문입니다. 우리는 이 부분을 많이 혼동합니다. 내 아이이기 때문에 내 말을 잘 들어야 한다고 생각하고 그렇지 않을 경우 아이에게 화를 냅니다. 물론 부모는 자신에게 쓸 것을 줄여가며 아이에게 헌신합니다. 하지만 이로 인해 아이들이 무언가를 보상해 줄 것을 바라서는 안 됩니다. 아이들은 내 마음에 맞도록 움직이는 허구적 인물이 아니기 때문입니다. 내 아이는 이 세상 누구와도 대체 불가능한 고유한 하나의 인격체입니다. 그렇기 때문에 부모와 다른 자신만의 생각이 있습니다. 다름을 인정하고 아이들은 미숙하다는 것을 받아들여야 합니다.

어른들은 스스로 행복을 발생시킬 수 있지만 아이들은 그러기 어렵습니다. 또한, 어른은 불행이 닥칠 때 완충 역할을 할 만한 것들이 내부에 있는데 아이는 그렇지 못합니다. 아이는 이렇듯 완전하지 못한 존재입니다. 물론 어른이라고 해서 완전한 존재가 아니듯 말입니다.

나의 분노가 어디서 시작되는지 아는 또 한 가지의 방법이 있습니다. 받아들이기 힘든 아이의 행동을 잘 살펴보면 내가 가진 단점이 보여 화내는 경우가 종종 있습니다. 이것을 심리학 용어로 '투사'라고 합니다. 아이는 부모의 장점뿐 아니라 단점도 그대로 배워 나갑니다. 그런데 나의 단점이 아이에게서 보이면 그 행동의 뿌리인 내가 아니라 아이에게 화를 내게 되는 것이지요. 이에 대해 헤르만 헤세는 "누군가를 미워하는 것은 그에게서 엿본 본인의 모습을 미워하는 것입니다. 자기 모습이 아닌 것은 봐도 괴롭지 않아요"라고 이야기했습니다. 그러니 내가 아이에게 분노하는 지점을 찾아내 그게 혹시 투사로 인한 것이 아닌지 되돌아볼 필요가 있습니다. 그렇다면 분노의 초점이 아이가 되어선 안 되겠지요. 아이의 모습이 된 내 모습을 객관화하고 이를 통해 내가 바라는 방향으로 나를 이끌어 가면 되는 것입니다.

어린 시절이 중요하다는 것은 이미 다 알고 있는 일입니다. 한 사람을 이해하려면 그의 어린 시절 이야기를 들여다보면 됩니다. 그만큼 자라 온 환경이 현재를 구성하는데 가장 큰 영향력을 행사한다는 것입니다. 우리 부모도 그랬고 나도 그랬습니다. 그렇다면 내 아이도 다를 바 없습니다. 지금 보내고 있는 이 시간들이 우리 아이의 미래를 결정하게 됩니다. 이렇게 중요한 우리 아이의 유년기 형성에 있어 나의 영향력이 가장 크게 작용한다는 것을 아이를 키우는 내내 마음속에 새겨 놓아야 합니다. 성장 과정 속에 억압되어 있던 기제들은 커서 병적으로 튀어나올 수 있습니다. 지금 괜찮다 해도 온전히 괜찮다고 할 수 없는 것입니다.

아이들 내면에는 온갖 귀한 것들로 가득 차 있을 텐데, 내 욕심에 미치지 않는다고 하여 아이들을 야단치고 억압하면 잠재력이 꽃 피울 기회를 부모가 앗아가는 일이 될 수 있습니다. 온갖 정성으로 기르는데, 내 아이는 내 뜻대로 안 커 주고 그럴 때면 엄마 속이 참 많이 상합니다. 하지만 한참 자라야 할 나뭇잎은 쭈글쭈글하고 주름이 많은 법이라고 합니다. 그럴 땐 인내심을 갖고 기다려야 합니다. 아직 발달하지 못한 어린잎을 가지고 매끈하지 못하다고 혼을 낼 수 없는 일이지 않습니까? 바로 이런 게 아이들입니다. 지금 안 된다고 해서 아이들이 영원히 안 되는 것은 아닐 겁니다. 기다려 주고 믿음을 심어 주는 엄마가 된다면 아이들은 분명 내면의 좋은 것들을 꺼내어 쓰게 될 것입니다.

부모가 자녀에게 엄마 말을 안 듣는다고 해서 화를 내면 아이의 마음은 상처를 받게 됩니다. 긍정적인 자아상을 길러 주기는커녕 쓸모없는 아이라는 인식을 심어 주게 됩니다. 사실 화풀이는 부모 자신이 감정 조절을 제대로 못해 자기가 해결해야 할 과제를 아이에게 던지는 것이나 다름없습니다. 물론 아이를 기르면서 화를 안 낼 수는 없습니다. 화는 자연스러운 감정이니까 말입니다. 특히나 육아는 내 마음대로 되지 않을 때가 더 많기 때문에 화나는 순간들을 많이 접하게 됩니다. 매번 훈육해도 똑같은 잘못을 저지르는 아이들을 보면 참기가 힘들어집니다. 반복되기 때문입니다. 하지만 이럴 때 다시 한 번 엄마 스스로를 반성해 봐야 합니다. 자꾸 아이가 잘못하는 것만 보이는 것은 나의 생각이 그쪽에 치우쳐 있을 가능성이 많기 때문이죠. 아이들이 잘하는 것을 크게 보고 칭찬해 나가면 그로 인해 잘못을 줄여 나갈 수도 있을 텐데 말입니다. 단점을 뒤집어 보면 장점이 될 수 있습니다. 게으르다 탓

할 일도 달리 보면 삶의 여유를 제대로 느끼는 것이 됩니다. 긍정적인 것에 초점을 두고 장점을 찾아 지지하고 격려해 주면 성장의 원동력이 됩니다. 아이들을 바라보는 시선을 바꿀 필요가 있습니다.

어른들은 아이들을 부정하는 말에 길들여져 있어 아이들을 긍정하는 말에는 참으로 서툽니다. 지금부터라도 아이들을 긍정하는 말을 해 주면 아이는 감동받고 큰 힘을 얻게 됩니다. 따뜻한 말 한 마디가 아이들의 마음을 열고 인생을 행복하게 열어 갈 수 있습니다.

아이들은 엄마가 갈등 상황에 있어 화를 조절하는 모습을 보이면 그 모습을 보고 배웁니다. 반대로 화로 아이를 대하면 아이도 똑같이 갈등 상황에서 소리 지르고 화를 냅니다. 엄마로서 아이들의 능력을 키워 주는 일은 가치 있는 일인데, 그 중에서도 감정 조절 능력을 길러 주는 일은 아이에게 평생 유용한 자산을 물려주는 일이란 생각이 듭니다. 이런 생각으로 슬기롭게 분노 조절을 해 나간다면 조금 더 확실한 목표 의식이 생기지 않을까요? 아이들이 잘못했을 때, 화를 내지 않고도 인내심을 가지고 아이가 알아듣게 잘 타이르면 엄마가 바라는 방향으로 아이의 행동을 이끌어 낼 수 있습니다. 화를 조절해 내는 법만 잘 알아 둬도 육아의 반 이상이 수월해집니다. 매일 화를 내며 힘들게 육아를 할 것이냐, 화를 조절하여 수월하게 육아를 할 것이냐, 진지하게 고민할 문제입니다.

물론 아이의 잘못된 행동을 모른 체 지나치는 것은 좋지 않습니다. 만약 아이에게 화를 내기 싫다고 하여 아이의 잘못을 보고도 훈육하지 않는다면 그것도 제대로 된 양육이 아닙니다. 모든 아이를 왕처럼 기른다면 다른 사람과의 관계를 이해하지 못하고 마음의 교육 또한 제대로 이뤄지지 않은 상태로 사회에 나가게 되니까 말입니다. 이런 상태라면 아이는 이제껏 경험해 보지 못했던 모든 좌절을 가정 밖에서 경험하게 됩니다. 가정에서 상처로부터 회복할 수 있는 힘을 길러 본 적이 없는데 사회에서 이런 경험들을 하면 아이들은 쓰러져 일어설 수 없게 될지도 모릅니다. 그래서 최초의 좌절의 경험은 가정 안에서 겪어야 한다는 것입니다. 사람은 혼자 살아갈 수 없으며 자기를 둘러싼 수많은 관계 속에서 더 큰 '나'로 거듭나기 마련인데 자기만을 위하는 사람은 사회에서 그런 관계를 갖기 힘들겠지요. 이를 위해 엄마에게 필요한 것은 '단호함'입니다. 아이들에게 꼭 필요하고 지켜야 하는 것에 대해 말할 때는 감정을 섞지 말고, 눈을 똑바로 바라보며 단호하게 말합니다. 단호하게 말하는 부모는 굳이 힘으로 억압하거나 감정적인 상처를 주지 않아도 아이들을 올바로 훈육할 수 있습니다.

안 되는 것에 대해서는 안 된다고 분명하게 거절해야 합니다. 물론 왜 안 되는 일인지 설명하고 행동에 대한 규제 자체가 아이를 사랑하지 않는 게 아니라는 것을 알려 주어야 합니다. 거절하는 것이 힘들다고 행동의 경계를 뚜렷이 해 놓지 않으면 시간이 흐를수록 엄마가 아이를 대하는 일이 많이 힘들어집니다. 그러다 보면 감정이 섞여 화를 내게 되겠지요. 그러니 미리 가족 규칙을 정해 두는 것도 좋은 방법이 될 것입니다.

분노를 조절하자

분노는 대부분 뜻대로 되지 않을 때 일어납니다. 특히 아이에 관한 일들은 더욱 그렇지요. 나는 괜찮은데 다른 사람이 괜찮지 않거나 반대로 다른 사람은 괜찮은데 나는 괜찮지 않거나 혹은 모두가 괜찮지 않다고 여겨질 때 분노의 감정이 생겨납니다.

미국의 정신과 의사인 에릭 번의 교류 분석을 보면 4가지 인생 태도가 있는데, 그것은 자기 부정-타인 부정(I'm not OK-You're not OK), 자기 부정-타인 긍정(I'm not OK-You're OK), 자기 긍정-타인 부정(I'm OK-You're not OK), 자기 긍정-타인 긍정(I'm OK-You're OK)입니다. 이것을 자세히 들여다보면 어떤 순간에 분노가 치밀어 오는지 돌아볼 수 있습니다.

먼저 자기 부정-타인 부정(I'm not OK- You're not OK)부터 살펴보겠습니다. 말 그대로 나도 괜찮지 않고 다른 사람도 괜찮지 않다고 여기는 태도입니다. 이는 인생이 살 가치가 없는 것이라고 절망하는 사람들에게 흔히 보이는 것이지요. 타인을 신뢰하지 않고 자신과 타인에게 공격적입니다. 희망이 없는 세계에 대한 분노로 들끓고, 반항적이고 적대적인 소통을 합니다. 최근 사회적 문제가 되고 있는 묻지마 살인 같은 경우도 이런 류의 사람들이 일으키는 것입니다.

자기 부정-타인 긍정(I'm not OK-You're OK)은 나는 안 괜찮은데 다른 사람들은 다 괜찮아 보이는 것입니다. 이런 사람들은 열등의식과 자기 부족감이 많아 타인에게 의존하게 되기도 하며 오히려 자신이 무능하다고 생각합니다. 이 때문에 타인과의 관계에서 도피하려고 합니다. 남들과 비교하며 자기의 처지를 비관하고 욕구불만의 분노가 내면에 많이 쌓이게 됩니다. 그러면서 우울감이 쏟아져 나오는 것입니다. 많은 엄마들이 자기보다 시집을 잘 갔다고 생각되는 친구들과 자신의 처지를 비교하며 이런 상황에 처하게 된답니다. 저의 신혼 때 모습이네요. 어찌나 동창들은 다들 시집을 잘 가던지.

자기 긍정-타인 부정(I'm OK-You're not OK)은 타인의 의견을 수용할 줄 모르는 독단적인 사람들이 취하는 태도입니다. 원한의 분노를 품고 있고 늘 타인보다 자신이 우월하다고 생각합니다. 이러한 태도 역시 관계를 형성하는 데에 많은 어려움을 겪습니다. 자기만 괜찮고 다른 사람은 다 안 괜찮으니 주위를 둘러보면 화낼 일들 투성이죠. 엄마는 다 옳은데 아이는 다 틀려 보이는 바로 이 태도가 아이를 기를 때 엄마들이 많이 취하는 태도랍니다.

자기 긍정-타인 긍정(I'm OK-You're OK)은 모두가 괜찮다는 입장인데요. 상대방의 다양성도 쉽게 인정할 수 있기 때문에 관계에 열려 있습니다. 누구와도 사이좋게 모든 일을 해낼 수 있고 자존감이 높습니다. 이런 사람들은 화가 날 때는 자유롭게 표현합니다. 이 유형이 교류분석에서 유일하게 긍정적인 모델입니다.

이 네 가지 인생 태도를 살펴보면 나 자신과 타인에 대한 정의 자체가 얼마나 중요한지 깨달을 수 있습니다. 누구 하나가 틀렸다고 생각하는 순간 우리 마음속에는 원치 않는 분노가 일어날 수 있기 때문이지요.

그러고 보면 우리 인생은 '옳은 너'와 '옳은 나'와의 만남임에도 불구하고 '둘 다 옳다'는 진리를 받아들이기 힘들어 누구 하나가 그르다고 주장하게 됩니다. 이 순간 갈등이 촉발되지요. 내가 옳다고 느끼면 상대방이 틀렸음을 증명하기 위해 애쓰게 됩니다. 나도 옳고 상대방도

옳지만 의견이 다를 뿐이란 사실을 받아들이지 못하는 데서 비롯한 오류이지요. 다음 그림을 한 번 보겠습니다.

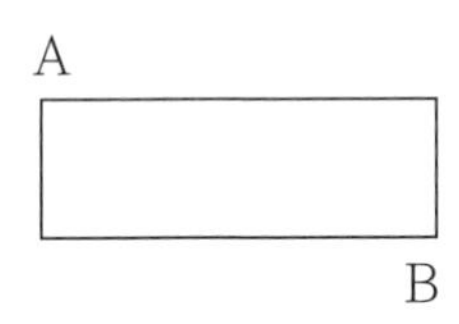

A에서 B로 가는 방법에 대해 철수와 순이가 이야기한다고 합시다. 철수는 먼저 오른쪽으로 간 다음 아래로 내려가야 한다고 말하고, 순이는 아래로 내려가서 오른쪽으로 가야 한다고 말합니다. 다른 경로지만 모두 A에서 B로 갈 수 있는 방법입니다. 일상생활에서는 상충되는 의견으로 갈등이 생길 수 있으며 이로 인해 다툼이 야기되곤 합니다. '나는 옳은데 너는 틀렸다'고 생각하는 순간 서로 자기가 맞다고 우기게 되지요. 하지만 이미 둘 다 옳다는 것을 알고 있는 사람은 다툴 일이 없습니다.

이런 일은 우리 주변에 비일비재합니다. 우리는 이미 결혼 생활을 하면서 남편과 이런 식의 대립각을 세운 경험이 있었을 겁니다. 서로 자라 온 환경이 다르고 가치관이 다르기 때문에 당연히 벌어지는 일입니다. 그런데 과연 나만 옳고 상대방은 죄다 틀려먹은 것일까요? 어쩌면 둘 다 옳다는 사실을 내가 몰라서 벌어지는 일은 아닐까요? 성장하는 공동체는 모두가 같은 생각을 가지는 곳에서 나오는 것이 아니라 서로의 차이를 존중하는 데서 생겨나는 것입니다. '나만 옳다'는 생각을 내려놓고 상대도 옳을 수 있다는 것을 받아들일 때 우리는 수많은 분노에서 한 발짝 비켜설 수 있습니다.

많은 엄마들이 아이들을 키울 때 자기 긍정-타인 부정의 태도를 잘 취합니다. 나는 항상 맞는데, 아이는 항상 틀린 길을 가려 해서 갈등이 생긴다고 느낍니다. 그리고 이것이 반복되다 보면 아이들에게 화를 내게 됩니다. 화를 내서 아이에게 입힌 상처를 회복시키려면 더 많은 노력이 필요하다는 것을 잊은 채 말입니다.

아이가 매번 틀리다고 생각하는 것과 아이의 발달단계를 이해하고 거기에 맞게 다가가는 것은 정말 큰 차이가 있습니다. 예를 들어 아이가 서랍을 뒤지고 이것저것 꺼내어 흐트러트린다고 합시다. 밥도 바닥에 다 흘리며 먹습니다. 엄마는 이걸 치우느라 힘이 듭니다. 이게 반복되면 엄마도 화가 나겠지요. 그런데 아이들은 해체 본능을 가지고 있다고 합니다. 열심히 사물을 해체하고 그것을 확인하며 뿌듯함을 경험해야 하는데 엄마가 아이를 뒤따라 다니며 이걸 다 치워버리면 아이는 스트레스를 받는다고 합니다. 자기가 해 놓은 성과물이 사라져 있을 때 오는 허탈감을 경험하는 것이지요. 이런 경우 집안을 깨끗하게 하고자 하는 엄마의 욕구는 옳은데, 집안을 무질서하게 만드는 우리 아이는 항상 그르다고 단정 지을 수 없는 것이겠죠. 그리고 이러한 이유로 아이에게 화낸다는 것은 더욱더 무모한 일입니다. 그래서 육아에는 많은 지혜가 필요한 것입니다. 아이들의 발달단계를 잘 이해해야 하니까 말이지요. 특히 자아가 형성되는 돌 이후나 분석적 지능이 생겨나는 7세, 그리고 사춘기는 더 많은 이해가 필요합니다. 엄마와 아이 사이에 많은 갈등이 생기는 시기이기 때문입니다.

실제로 교류 분석의 창시자 에릭 번은 "누구나 왕자나 공주로 태어나는데 부모가 이를 개구리로 만들어 버린다"고 했습니다. 내가 다스리지 못하는 나의 분노로 인해 내 아이들이 개구리로 전락하게 할 수는 없는 일입니다. 반복되는 분노의 표출로부터 벗어나려 배우고 노력하다 보면 언젠가는 이렇게 내재화한 지식과 에너지가 나의 삶을 풍요롭게 해 줄 것이라 믿습니다.

분노를 조절하기 위해 알아두어야 할 또 한 가지 것은 앨버트 엘리스의 '비합리적 신념'입니다. 우리가 경험하는 많은 갈등과 문제 행동의 이유 중 하나가 비합리적인 신념 때문입니다. 비합리적 신념은 부모에 의해 학습되고 사회에 의해 강화되어 정서 장애를 유발시킨다고 합니다. 그러니까 부모로부터 '반드시 ~해야 한다'는 강한 요구로 표현되는 당위적이고도 경직된 사고를 물려받았을 경우 이를 성취하지 못했을 때 불안, 우울, 적개심과 같은 감정이 생겨난다는 것입니다.

다음에서 흔히 가지고 있는 비합리적 생각들을 살펴보겠습니다.

엘리스의 비합리적 신념

1. 주위의 모든 사람들로부터 항상 사랑과 인정을 받아야만 한다.
2. 모든 면에서 반드시 유능하고 성취적이어야 한다.
3. 어떤 사람은 사악하고 나쁘며 야비하다. 그러므로 그런 사람들은 반드시 비난과 처벌을 받아야 한다.
4. 일이 내가 바라는 대로 되지 않는 것은 끔찍스러운 파멸이다.
5. 인간의 불행은 외부 환경 때문이며, 인간의 힘으로는 그것을 통제할 수 없다.
6. 위험하거나 두려운 일은 항상 일어날 가능성이 있으므로 이것은 커다란 걱정의 원천이 된다.
7. 인생에 있어서 어떤 난관이나 책임을 직면하는 것보다 피하는 것이 더 쉬운 일이다.
8. 사람은 타인에게 의존해야 하고 자신이 의존할 만한 더 강한 누군가가 있어야 한다.
9. 우리의 현재 행동과 운명은 과거의 경험이나 사건에 의해 결정되며 우리는 과거의 영향에서 벗어날 수 없다.

10. 우리는 우리 주변의 다른 사람이 문제나 혼란에 처했을 경우, 자신도 당황할 수밖에 없다.

11. 모든 문제는 가장 적절하고도 완벽한 해결책이 반드시 있기 마련이며 그것을 찾지 못한다면 그 결과는 파멸이다.

이 항목들 중 무엇이 나의 마음에 '딸깍' 하고 걸리는지 살펴보면 내가 가지고 있는 비합리적 신념을 쉽게 찾을 수 있습니다. 그리고 이 비합리적 신념으로 인해 그간 얼마나 괴로웠는지 알 수 있을 겁니다. 내가 가지고 있는 신념 자체가 비합리적인데 그 기준 안에 나 자신과 상대방과 세상을 두고 잣대에 맞지 않는다고 힘들어 했던 지난날을 되돌아보고 앞으로는 이러한 신념들로 인해 내 감정을 옥죄는 일이 없도록 해야겠지요. 사람의 신념이라는 것이 감정을 지배하고 유발시키는 것이니 올바른 신념을 갖는 것이 정말 중요합니다.

아이들이 읽는 철학 동화 중 《꾀꼬리만의 생각》이라는 이야기가 있습니다. 사냥꾼에게 잡힌 꾀꼬리들은 매일을 울며 지냅니다. 사냥꾼은 꾀꼬리들의 목소리가 예쁠 것이라 생각하고 잡아 왔는데, 소리가 안 좋으니 이상하다고 생각하게 되지요. 그런데 그 중 젊은 꾀꼬리 하나가 열심히 노래를 부르면 사냥꾼이 놓아줄 것이라고 생각합니다. 그리고 그 뒤로 열심히 노래를 부르지요. 그런데 사냥꾼은 나머지 꾀꼬리들은 모두 놓아주고 노래를 잘 부른 젊은 꾀꼬리만 새장 속에 넣어 둡니다. 이 이야기의 결말은 단순한 권선징악이 아니라 다양한 각도에서 세상사를 바라보기에 신선합니다. 보통의 이야기들 같았으면 열심히 노래한 꾀꼬리가 자유를 얻게 되어야 하는데 그렇지 못했으니까요. 저는 이 이야기가 바로 비합리적 신념과 맞아떨어진다고 생각합니다. 꾀꼬리 입장에서의 생각과 그로 인해 생겨난 결과가 일치하지 않는 것은 어쩌면 당연한 결과입니다. 그럼에도 불구하고 꾀꼬리는 자유를 얻을 것을 기대하고 열심히 최선을 다해 노래하지요. 그것 때문에 자유를 잃게 될 것도 모른 채 말입니다. 신념 하나가 우리의 행동을 움직이고 이러한 행동들이 모여 우리의 운명을 결정합니다.

저는 '주위의 모든 사람으로부터 사랑과 인정을 받아야 한다'는 욕구가 강했습니다. 그것 때문에 내가 받아들여지지 않는다고 느껴지면 심적으로 참 괴로웠습니다. 어딜 가나 사랑을 받고 인정받아야만 마음이 편했지요. 아마도 부모님의 기대를 받고 자라난 이유가 크지 않았나 싶습니다. 하지만 시간이 지나면서 예수나 부처 같은 훌륭한 인물도 그들을 싫어하고 공격한 사람들이 있었다는데, 하물며 나같이 평범한 인간이 모든 사람으로부터 사랑과 인정을 받는 것은 불가능하다는 사실을 깨닫게 되었습니다. 그러고 나서 마음이 편안해졌습니다. 그리고 모든 사람에게 사랑과 인정을 받으려는 욕구가 많은 부분 사라졌습니다. 누가 내 험담을 하는 것에 대해서도 물론 기분이 나쁘기는 하지만 그런가 보다 하고 흘려버릴 수 있는 마음의 여유도 생겼습니다. 이렇듯 내가 가지고 있는 비합리적 신념들을 합리적으로 바꾸면 나의 마음속 갈등으로부터 자유로워질 수 있게 됩니다.

내가 옳다고 주장하는 것들이 과연 옳은지 되돌아보는 행동은 나를 유연하게 만듭니다. 다른 가능성을 염두에 둘 수 있기 때문입니다. 나의 비합리적 신념이나 사고를 합리적인 신념으로 대치하면 자기 수용적인 태도와 긍정적인 감정을 느낄 수 있다고 합니다. 이 작업을 잘 해내면 더 이상 비합리적 신념을 대물림하지 않을 수 있고 아이에게 분노할 이유가 없어집니다.

《화내는 부모가 아이를 망친다》는 책에선 화를 촉발시키는 방아쇠에 해당하는 생각들을 변화시키면 화를 내는 불편한 일련의 일들을 줄일 수 있다고 합니다. 아이들은 원래 짜증이 많고 까탈스럽고 강렬하니 그것을 받아들이고 육아를 하라는 말도 참 일리가 있습니다. 우리가 아이들에게 화내는 이유를 들여다보면 비합리적 신념에 근거해 있는 경우가 부지기수입니다. 우리가 가진 방아쇠 생각들은 대부분 비합리적이라는 것이지요.

비합리적 신념에 대한 어느 정도 개념이 생기셨다면 이를 더 잘 이해하기 위한 활동을 한 가지 해보겠습니다. 다음의 그림을 한 번 눈여겨보고 책을 덮어 보세요. 그리고 이 그림을 빈 종이에 그린 다음 본래의 그림과 똑같은지 확인해 보십시오.

이것은 내가 분명하다고 생각하는 것들에 대한 정확도의 측정입니

다. 그림의 표정을 잘 살피면 눈과 입이 나타내고자 하는 표정이 일치하지 않는다는 것을 알 수 있습니다. 그래서 틀리게 그릴 확률이 높습니다. 제대로 그렸다가도 눈과 입의 표정이 같지 않은 것을 이상하게 여기고 고치는 경우가 많습니다. 그림을 그려 보셨다면 내가 그린 그림과 원래의 그림이 얼마나 일치하는지 확인하고 때로는 내가 분명히 봤다고 생각하는 것들 혹은 옳다고 믿는 것들이 왜곡된 기억일 수 있음을 다시 한 번 생각해 봅니다. 내가 확신에 확신을 거듭해 옳다고 믿는 것들도 어쩌면 정확한 답이 아닐 수 있습니다. 그렇기에 사람은 늘 배움에 열려 있어야 합니다.

아이를 대할 때도 마찬가지입니다. 엄마의 말이 절대 진리인양 아이들을 따르게 하지만 사실 이 진리가 비합리적 신념에 근거한 것이라면 내가 가진 편견으로 아이를 편협하게 키우는 꼴이 됩니다.

우리 모두는 잘났고 소중하고 옳습니다. 나만 잘났고 소중하고 옳은 것이 아닙니다. 일리 있는 남편과 일리 있는 아이들 앞에 나의 독단과 독선을 내려놓을 줄 아는 지혜가 필요합니다. 〈울지마 톤즈〉로 감동의 눈물을 흘리게 만들었던 이태석 신부님도 "나와 너의 만남은 영혼과 영혼이 만나는 엄숙한 순간이라는 것을 왜 깨닫지 못했나 싶어 아쉬울 따름이다. 우리가 매일 수도 없이 가지는 만남들, 영혼과 영혼이 만나는 엄숙한 순간들이기에 큰 잔치를 벌여도 부족할 판인데 왜 그렇게 과장하고 미워하고 시기하고 비방하여 가치 없는 순간으로 전락시켜 버리게 되는지 정말 모를 일이다"라고 하셨습니다. 우리는 불필요한 분노와 미움을 되돌릴 필요가 있습니다. 서로의 가치관과 관심사, 우선순위가 다름을 인정하고 그 안에서 조화를 이루어 나가야 합니다.

분노가 치밀어 오를 때 잠시 그 분노를 잊고 이성적으로 이 모든 것들을 떠올려 이치를 살필 수 있어야 합니다. 그칠 수 있는 데서 그쳐야지 한 발 더 가서 분노를 분출하고 나면 잠깐 통쾌할 수는 있지만 그에 따르는 책임과 뒤처리, 그리고 걱정 근심은 참으로 오래갑니다.

이쯤 되면 우리는 이제 분노가 나의 선택으로 인한 것임을 자각해야 합니다. 아이가 나를 화나게 만든다고 생각하지 말고, 내가 선택할 수 있는 여러 감정 중에 화를 골랐다고 느껴 봅시다. 신념이나 생각이 나의 감정을 촉발시키는 중요한 원인이 되니까 생각을 바꾸면 감정의 조절도 가능해집니다. 원하지 않는 분노가 내 안에 들어와 있는 것은 분노를 일으키는 신념들이 있다는 뜻입니다. 그리고 분노에 익숙해져 있기 때문에 반사적으로 분노하게 되는 것입니다. 이제 익숙해져 있는 분노에 나의 판단력을 무력화시키지 않기 위해서 우리는 그것을 거부할 권리가 있습니다.

마지막으로 분노를 조절하는 방법은 긴 심호흡입니다. 분노를 조절하는 가장 흔하면서도 효과적인 방법이지요. 저는 출산 때 라마즈 호흡법의 효과를 제대로 봤습니다. 고통이 밀려올 때 코로 길게 숨을 들이마시고 입으로 숨을 내뱉는 호흡이 제대로 이뤄지면 신기하게도 고통이 절감되었습니다. 출산의 고통에서 나를 지켜줄 수 있는 것은 호흡뿐이라고까지 생각할 정도였습니다. 호흡법은 여기에만 유용한 것이 아닙니다. 분노의 감정을 잠식시켜 주는 힘도 있기 때문입니다. 그래서 분노를 논하는 곳에는 호흡이 따라다니기 마련입니다.

통제할 수 없는 분노의 감정을 가라앉힐 이성의 힘이 작용하려면 시간이 필요합니다. 이 시간까지 안전하게 도달할 수 있게 도와주는 것이 바로 호흡법입니다. 숨을 고르고 천천히 심호흡하는 과정 속에 화를 잠재울 내면의 힘이 올라오게 됩니다. 24시간 분노하며 지낼 수는 없습니다. 감정은 평정심을 찾아가기 때문입니다. 분노가 촉발되었을 때 우선 분노의 김을 빼주고 가라앉힐 수 있어야 하는데 여기에 가장 유용한 방법이 바로 이 호흡법입니다.

정목스님의 《달팽이가 느려도 늦지 않다》에서도 분노를 다스릴 때 들숨과 날숨을 열까지 세어가며 호흡하면 호흡하는 길을 따라 흘러왔다가 순식간에 사라진다고 합니다. 분노의 감정은 이런 것입니다. 내 안에 거센 파도처럼 마음을 휩쓸다가도 언젠가는 흘러나가게 됩니다. 이 시간들을 잘 통제하고 다스릴 수 있어야 육아 또한 수월해집니다. 분노가 치밀어 오를 때 '이건 아무것도 아니야. 아이들은 아무것도 몰라서 그래. 아이들은 원래 이런 거야. 나는 이 감정을 다스릴 수 있어'라고 되새기며 길게 숨 쉬어 보세요. 그리고 분노의 주인이 되어 분노를 다스려 보세요. 분노에 대처하는 방법이 하나 생겼으니 이제 든든해지실 겁니다.

호흡은 엄마뿐 아니라 아이에게도 유용합니다. 아이들도 쉽게 따라할 수 있기 때문이죠. 저 또한 아이에게 호흡법을 가르쳐 줬답니다. 하루는 채린이가 졸립다고 짜증을 내길래,

"채린아, 그럼 이렇게 하자! 채린이의 나쁜 기분은 엄마가 가져가고 엄마의 좋은 기분은 채린이한테 줄게~" 하며 채린이 입에 제 입을 대고 숨을 들이쉬었어요.

"어휴! 채린이 나쁜 기분이 이렇게 많았었구나! 자, 이제 엄마가 주는 행복하고 즐거운 기분을 받을 차례야!"하며 채린이 귀에다가 바람을 불어 넣고

"오! 이런 여기가 아니잖아!"

그리고 채린이 코에 바람을 불어 넣고

"오! 이런 여기도 아니네!"

이랬더니 짜증을 부리던 아이가 웃기 시작하더라고요. 그런 다음 채린이 입에 바람을 불어 넣고,

"어때? 기분이 한결 좋아졌지?"

해 줬더니 고개를 끄덕였답니다. 그리고 그날 저녁 채린이가 먼저

"엄마, 내가 엄마의 나쁜 기분을 가져가고 나의 좋은 기분을 줄게요!"

이러면서 제 입에다가 자기 입을 대고 쪽 빨아들이더니 다시 숨을 불어 넣더라고요.

아이와 함께 분노를 다스리는 방법들을 생각해 보고 이것들이 실생활에서 작동할 수 있게끔 평소에 연습해 두면 분노가 찾아와도 평정심을 금방 찾을 수 있겠죠. 사람은 나쁜 상황에서 어떻게 대처하느냐에 따라 인격이 드러납니다. 좋을 때야 누구나 좋은 말을 하고 좋은 행동을 하지만 나쁠 땐 모두가 좋게 일을 처리하는 것이 아니기 때문입니다. 그런데 엄마라면 아이와 함께하는 힘든 순간이 왔을 때조차도 슬기롭게 이를 해결할 지혜가 필요합니다. 이게 바로 좋은 엄마의 제 1조건입니다.

육아는 나의 인격을 완성해 나가는 과정입니다. 아이를 잘 키우는

것보다도 더 긴급한 건 엄마인 나 스스로를 잘 다스려야 한다는 것입니다. 내가 가진 것 안에 받아들일 건 받아들이고 순응할 건 순응하고 버릴 건 버리고 그리하여 남은 건 더 좋게 만들어 가야 하기에 인생은 늘 변하는 것입니다. 앞으로 좋아질 나를 생각하며 나를 완성해 나가는 것이 우리에게 주어진 삶에 대한 최선이 아닌가 싶습니다. 주어진 인생 그 안에서 조금씩 성장해 나가는 사람이 되면 내 삶 또한 내가 원하는 방향으로 이끌 수 있다고 믿습니다.

건강하게 분노를 표현하자

지금까지 분노에 대해 알아보았습니다. 분노의 감정은 인간이라면 누구나 자연스럽게 마주하기 때문에 이것을 어떻게 다루고 드러낼지가 중요합니다. 올라오는 감정을 어떻게 표현하느냐에 따라 너무도 다른 결과가 생기기 때문이지요. 육아를 하는 입장에서는 수시로 분노의 감정이 솟아오릅니다. 그만큼 스트레스가 많은 상황이라 그렇습니다. 아이들은 수시로 떼를 쓰고 격렬하게 자기표현을 하는데 현실적으로 엄마가 늘 넓은 마음으로 다 품어 주기가 힘들기 때문입니다. 그렇다면 분노를 표현할 때 좀 더 건강하게 그리고 내 아이에게 상처가 남지 않는 방법들을 미리 터득해 놓으면 도움이 되겠지요.

분노를 표현할 때 중요한 것은 자신이 언제 화가 나는지를 이해하는 것입니다. 이를 좀 더 잘 알기 위해서는 나의 부모가 나에게 어떨 때 화를 냈는지 생각해 봅시다. 나의 분노는 그것과 연결되어 있을 가능성이 높습니다. 저의 친정 아빠는 어깨를 짚는 것을 참 싫어하셨는데 그 때문인지 저도 아이들이 목에 매달리는 것이 참 싫더라고요. 그렇다면 그 상황에 대해 아이들에게 먼저 이해시켜 놓으면 좋겠지요. 예를 들어 "엄마는 네가 목에 매달리면 화가 나는데, 엄마가 그러지 않도록 도와줄 수 있겠니?" 라는 식으로 말입니다. 그런데 아이는 아이인지라, 엄마가 이렇게 설명한다고 해도 꼭 따르는 것은 아닙니다. 천 번을 말해도 듣지 않을 수 있는 것이 아이지요. 그럴 때 활용할 수 있는 방법 몇 가지를 소개합니다. 아이들과 함께할 수 있는 활동이니 시간 내서 같이 해 보세요.

첫 번째는 분노 온도계 만들기입니다. 엄마가 어떤 상황에서 화가 나는지를 말하고 화를 표현하기 전 단계를 공지해 주는 법입니다. 분노를 수치화하여 아이들에게 말해 주는 것입니다. 분노의 단계를 1부터 10까지 나누고 화가 나면 "엄마는 이러이러한 이유로 지금 8까지 화가 났어." 이렇게 말입니다. 아이들은 엄마가 화를 낼 때 미리 전달받지 못해 억울하다고 생각합니다. 아이들이 억울하단 생각이 들게 만들면 서로 기분만 상하고 아이들의 행동 수정에도 기여하지 못해 똑같은 잘못을 반복하게 되니 아무런 소용이 없겠지요. 그런데 분노 온도계를 사용하면 아이들 잘못에 대한 엄마의 감정을 사전에 공지해 주기 때문에 아이들이 수용하기 쉬워집니다. 물론 이럴 때 감정을 조절하고 최대한 단호하고 엄격하게 훈육하는 것이 좋습니다.

사실 가족 안에서 벌어지는 갈등의 가짓수는 많지 않을 것입니다. 그런데도 소소한 몇 가지 일에서 시작된 갈등이 관계의 전반적인 상태를 좌우하는 이상한 힘을 발휘하기도 합니다. 하지만 이를 바꾸어 생각해 보면 부딪히는 일들 몇 가지만 조절해도 관계가 좋아질 수 있다는 얘기가 됩니다.

저는 아이들이 유치원에 가기까지 아침 준비를 잘하지 못하면 화가 납니다. 유치원 버스를 놓치는 것도 두렵고 버스가 아이를 기다리게 되면 마음이 불편합니다. 매번 버스 탈 시간이 다가오면 "엄마가 마음이 급해서 그래~"라고 달래다가도 아이들이 엄마 말을 안 듣고 등원 준비를 안 하면 화를 내게 된답니다. 그런데 분노 온도계는 이럴 때 엄마 안에 담겨 있는 분노의 척도를 아이들한테 말해 줄 수 있습니다. "엄마는 너희들이 이렇게 늦장을 부리니까 8 정도 화가 나는구나"부터 시작해서 분노의 단계를 계속 공지해 줍니다. 그래도 아이들이 행동 교정을 하지 않는다면 "엄마, 이제 10까지 화났다. 야단맞을 행동을 했지?"

하고 화를 표현합니다. 아이들이 느끼기에 엄마의 분노 수준과 분노 온도계가 일치하면 '야단맞을 짓을 했네' 라며 자신의 잘못을 수긍하기 쉬워집니다. 이게 바로 아이들을 키울 때 중요한 일관성과도 연결되는 부분입니다. 엄마가 자기 기분에 따라 일관되지 않게 훈육하게 되면 아이들은 엄마가 어떤 순간에 화가 나는지 갈피를 잡지 못해 불안해 합니다. 같은 행동을 했는데도 어떤 때는 웃으면서 받아주고 어떤 때는 불같이 화를 내는 일들을 심하게 반복하면 아이들은 현실 감응력을 잃을 수도 있습니다. 엄마의 일관되지 못한 행동 때문에 벌어지는 일이지요.

분노 온도계는 꽤 유용합니다. 이제 채린 채율 남매도 나름 아침 등원 준비를 잘해 주고 있습니다. 오늘 아침에는 등원 준비를 너무도 잘해 줘서 고맙다고 말할 정도였으니까요.

다음 소개할 방법은 감정 체크판 만들기입니다. 이것은 예일대 데이비드 카루소 박사가 개발한 자기 감정 진단 방법인데요. 이 활동은 나의 감정을 인지하고 상대의 감정을 이해하는데 도움을 줍니다. 관계를 할 때 상대방의 감정과 그 감정이 생겨난 일련의 과정들을 듣고 나면 상대방을 좀 더 쉽게 포용할 수 있습니다.

미국의 어느 한 학교에서도 감정 체크판에 감정을 표시하게 해 집안에서 어떤 일이 있었는지 묻고 아이의 심리 상태를 이해함으로써 교

분노 온도계 만들기 : 분노를 수치화(1에서 10까지)하여 나타냅니다. 이렇게 온도계를 그려 보면 아이들의 이해가 쉬워집니다. 채린이는 엄마가 분노 지수 6일 때까지 참아야 한다며 노란색 부분을 연두색으로 다시 칠해 줬답니다. 엄마의 분노 상황에 대한 작업이 끝나면 곧바로 아이들의 분노 상황을 그림으로 그려 보고 이야기해 봅니다. 채린이는 동생이 자기를 때릴 때와 엄마가 화를 낼 때 화가 난다고 하네요.

육의 효과를 높인다고 하더라고요. 그래서 저도 아이들과 함께 해보았습니다.

종이를 네 영역으로 나눈 다음 화, 슬픔, 기분 좋음, 행복의 영역 색을 표시해 주고 색칠하여 냉장고에 붙입니다. 그리고 자석으로 감정 체크판 위에 자신의 감정을 표시하고, 왜 그런 감정인지 설명하는 작업을 해보는 것입니다. 저는 이 활동을 하면서 아이에게 희로애락(喜怒哀樂)의 뜻을 설명해 주고 인간의 모든 감정은 자연스러운 것이며 꼭 필요한 것들이지만 건강하게 표현해야 한다고 알려 주었습니다. 아이의 감정 상태를 표현할 수 있는 매개 표지판이 있기 때문에 감정을 이야기하는 아이들도 그 감정을 받아들이는 엄마들도 원활하게 소통할 수 있습니다.

아이들의 감정 자체엔 옳고 그른 것이 없습니다. 이미 발생한 감정이라면 "그렇구나"하고 공감해 주고 이유를 들어 주는 것이 우선이 되어야 합니다. 아이가 짜증을 낼 경우 "왜 짜증을 내고 그래? 엄마는 징징거리는 소리 딱 싫다고 했지? 그러면 나쁜 거야" 라고 하기보다는 "네가 짜증이 났구나. 동생이 물건을 빼앗아 가서 그런 거지?" 라는 방식으로 먼저 접근해야 아이 또한 감정을 다스릴 힘이 생깁니다. 아이의 편치 않은 감정은 일단 받아 주되 충고하거나 가르치려 하면 안 됩니다. 이렇게 감정을 보듬어 주면 아이 스스로 문제를 해결하는 데 도움을 주고, 부모에 대한 반발심도 없앨 수 있습니다. 이렇게 아이의 감정을 수용해 주고 공감해 주면 아이 마음속에 담긴 감정의 찌꺼기들이 해소될 수 있습니다. 이런 식으로 정서 표현을 돕다 보면 아이들의 정서 지능도 높아지고 이는 곧 삶의 만족도나 행복을 높여 준다고 합니다.

감정 체크판은 아이들이 하원하고 집에 돌아왔을 때 바로 활용하면 좋습니다. 유치원에서 무슨 일이 있었는지 듣기에도 좋고, 집에 왔을 때 어떤 상태인지 알 수 있습니다. 아이와 엄마가 감정을 주제로 풍부하게 대화한다면 아이도 자신의 내면을 이해하는 데에 큰 도움이 됩니다. 이렇게 자신을 이해하는 아이는 타인을 이해하기도 쉬워지고 이를 바탕으로 감정을 조절하고 활용할 수 있게 되는 것입니다.

예를 들어 유치원에서 돌아온 아이가 감정 체크판의 '화'에 표시합니다. "엄마, 나 친구와 싸웠어"라고 말할 때 "아이고~ 친구와 싸워서 화가 났구나"라는 식으로 수용해 주면 아이가 자신이 가진 감정과 생각들을 줄줄이 말할 수 있습니다. 여기에 "엄마라도 정말 많이 화가 났겠어"라고 공감해 주면 아이의 감정을 더 잘 어루만져 줄 수 있게 되지요. 이렇게 보면 공감과 수용은 어려운 것이 아닌데, 엄마 된 입장에서는 충고나 야단치는 말을 먼저 하기 쉽습니다. 늘상 "그렇구나"를 입버릇처럼 많이 연습해 아이가 자신의 부정적인 감정까지도 엄마에게 털어놓을 수 있는 친밀한 관계를 형성해 나가야 합니다.

감정 체크판은 비단 아이들에게만 활용할 수 있는 것이 아닙니다. 엄마 역시 감정 체크판에 자기의 감정을 표시하고 아이에게 미리 이야기해 주면 엄마가 지금 하는 행동이나 말에 그럴 만한 이유가 있음을 아이에게 이해시킬 수 있습니다. 나를 열어 놓으면 그만큼 상대방을 이해시키는 일이 쉬워집니다. 이러한 감정의 표현들이 익숙해지면 화를 참아 폭발시킬 이유도 점점 줄어들게 되는 것입니다.

이렇게 감정 체크판을 활용하여 감정에 대해 이야기를 하다 보면 어느새 감정 체크판 없이도 자연스럽게 자신의 감정이 형성되기 이전의 일들을 이야기하게 된답니다. 그러면 아이는 유치원에서 생활했던 이야기를 엄마에게 잘 하게 됩니다. 엄마 역시 아이들 없었을 때 어떤 일들을 했는지 이야기해 주게 되고요.

모든 감정에는 이유가 있습니다. 감정을 표현하는 것도 중요하지만, 그 감정의 이유를 잘 설명하는 습관이 생기면 자신의 감정을 잘 다스릴 수 있는 힘이 생긴답니다. 감정의 인과관계를 파악할 수 있기 때문이지요. 감정의 이름을 붙이는 것만으로도 감정을 다스리는데 도움이 된다고 하는데, 거기에 감정이 생겨난 원인까지도 분석하는 능력을 기른다면 감정을 조절하고 이를 건강하게 표현해 낼 수 있을 것입니다.

감정 체크판에 자신의 감정을 표시하는 채린이. 감정체크판을 이용하면 아이의 감정의 상태를 알 수 있고 아이의 행동을 이해하는데 도움이 됩니다.

분노 온도계나 감정 체크판 활동들보다 더 단순하고도 간단한 방법은 바로 예방의 대화입니다. 갈등 상황이 오기 전에 아이들과 충분히 이야기하고 그러한 상황에 어떻게 행동해야 하는지 가르쳐 주면 육아가 더욱 수월해집니다. 예를 들면 하원 후 마트에 가는 것을 좋아하는 우리 아이들에게 잠들기 전에 이렇게 이야기합니다.

“엄마 말 잘 들어봐. 내일은 영어 선생님이 오시는 날이야. 차에서 내리고 나면 집으로 곧장 와야 해. 마트에 들를 시간은 없어. 우리가 늦으면 선생님이 기다리시니까 먼저 들어가 문을 열어드릴 수 있도록 바로 가야 해."

이렇게 말해 두면 그 다음날 마트 가자는 아이를 설득하기가 좀 더 수월합니다. 미리 공지를 해 두었기 때문에 갈등을 그에 따라 풀 수 있는 것입니다. 이를 '예방적인 I message'라고도 하는데요. 확실히 이야기를 해 줄 때와 그렇지 않을 때의 차이가 납니다. 미리 약속을 해 두면 엄마가 아이들이 떼쓸 때 끌려가지 않고 일관되게 행동할 수 있기도 하고요. 아이들에게도 책임감을 심어줄 수 있어 갈등 상황을 미리 예견하여 공지해 주는 방법은 사실 가장 쉽고도 효과적인 방법인 듯합니다.

그런데 엄마가 공지를 했음에도 아이가 떼를 쓴다면 단호하게 "네가 하고 싶은 것은 이해하지만, 우리가 약속한 것이니까 약속을 지키도록 해야겠지?"라고 해보세요. 그러면 안 따라올 것 같던 아이도 금방 따라오고 또 이런 경우는 아이의 징징거림도 손쉽게 풀어낼 수 있습니다. 이렇게 몇 번 반복되면 '아하, 엄마와 약속한 것은 지켜야 하는구나'하고 학습이 되는 것이지요.

아이들이 떼를 쓰는 경우는 아이를 키워본 엄마라면 예측 가능할 때가 많습니다. 예를 들면 마트에서 장난감 코너를 지나게 될 때, 엄마가 친구들을 만나 수다 떨고 있을 때, 놀이터에서 놀다가 집에 들어갈 상황이 되었을 때, 양치질이나 목욕을 하자고 할 때 등이죠. 사실 육아를 하다 보면 그 순간이 그 순간일 때가 많습니다. 하지만 이런 순간마다 엄마가 나름의 규칙을 세우고 아이들에게 미리 그에 대한 교육을 시킨다면 그것이 올바른 생활 습관이 됩니다.

즉, 아이들에게 올바른 생활 습관을 만들어 주고 싶다면 엄마가 먼저 다가올 상황에 대한 대처 방법을 미리미리 충분히 얘기해 두어야 하는 것입니다. 그렇게 여러 번 반복되면 그게 습관이 되고요.

아이를 꾸짖는 일은 육아를 하면서 불가피한 일이지만 정말 현명하게 행동해야 할 부분이기 때문에 감정을 절제하면서 올바르게 처신해야 합니다. 그렇지만 이게 생각처럼 되는 것이 아닌지라, 좀 더 많은 공부를 하고 지침을 정해 그대로 지킬 수 있도록 노력하는 것이 최선입니다. 아이의 감정을 해치지 않는 선에서 올바른 행동 습관을 기르는 것이 부모의 역할이니 말입니다. 아이가 감정적으로 다치지 않고 엄마의 말을 받아들여 행동을 개선할 방법을 꾸준히 연구하는 것이 엄마의 과제입니다.

엄마의 양육 태도가 한 아이 일생의 틀을 어떻게 만들지 결정할 정도로 중요한 것임은 여러 교육학적 지식들이 증명하고 있습니다. 그렇기 때문에 한 번의 꾸짖음조차 여러 번 생각하고 고려해서 해야겠지요.

저는 매일 아침 세수를 하면서 거울을 보고 '오늘 나의 행복을 책임질 사람' 이란 생각을 머릿속에 되뇌입니다. 내가 하루를 어떻게 열지에 관한 생각이 나와 아이들의 하루를 행복하게 혹은 그렇지 않게 만들기 때문입니다. 오늘 하루도 김남조 시인의 시 '설일'에서처럼 '얼마 더 너그러워져서 이 생명을 살자. 황송한 축연이라 알고 한 세상 누리자'는 마음으로 시작해 보는 것은 어떨까요?

사과는 빠르고 쿨하게

이성을 잃고 아이 앞에서 분노를 표출했을 때 가장 걱정되는 것이 무엇일까요? 아이의 자존감을 떨어뜨리거나 아이에게 상처를 남기는 일이 아닐까 싶습니다. 그렇다면 사과의 기능으로 이를 회복시키도록 노력해야 합니다. 그 다음 엄마의 사랑을 듬뿍 주어야겠지요. 이 과정이 시간이 많이 들기 때문에 분노를 건강하게 표현하라는 것입니다. 하지만 사람이 항상 이성적으로 삶을 이끌 수 없는 존재이기 때문에 아이에게 화를 심하게 냈을 때 대처하는 방법에 대해서도 생각해 봐야 합니다.

앞에서 제시했던 방법들을 다 동원했음에도 분노 표현이 적절하지 못했다면 사과는 되도록 빠르고 쿨하게 해야 합니다. 이게 가장 마지막에 쓸 수 있는 방법입니다. 사람이 살면서 표현을 잘 해야 할 세 가지 것이 사랑, 감사 그리고 미안함의 표현이라고 생각합니다. 그런데 우리는 이상하게도 이런 표현에 참 서툴지요. 하지만 서먹하다는 이유로 내 아이에게까지 이런 표현들을 하지 않고 넘어가서는 안 됩니다. 내 아이에게 부끄러울 것이 뭐가 있겠습니까? 화를 냈다면 엄마는 너 자체에 대해 화가 나는 것이 아니라 너의 잘못에 대해 화가 난 것임을 인지시켜 주어야 하겠지요. 그것이 아이의 자존감을 지켜주는 일입니다.

우리가 분노를 건강하게 표현하기 위해 많은 노력을 한다 해도, 육아를 하는 모든 순간에 나를 이성대로 제어하기는 힘듭니다. 이런 상황이 왔을 때 아이에게 분노를 표출하게 되면 재빨리 사과해야 합니다.

사과의 내용에는 아이 자체가 그릇되거나 잘못된 것이 아니라, 엄마가 너의 행동을 받아들일 만큼의 마음의 힘이 없어서 화를 내게 된 것이라는 말이 담겨 있어야 합니다. 아이의 잘못된 행동은 반드시 교정해 줄 필요가 있습니다만 감정적으로 심하게 혼내는 것은 올바른 방법이 아니기 때문입니다. 아이의 잘못된 행동에 대해서는 잘잘못을 가려 주고 그것을 일러 주는 방법적 부분에 있어서 엄마 역시 바람직하지 못했음을 사과해야 합니다.

아이의 행동을 대하는 엄마의 반응은 마음 상태에 따라 달라질 수 있습니다. 아이가 똑같은 잘못을 해도 어떨 때는 좋게 타이르거나, 혹은 단호하게 안 된다고 이야기하다가도 엄마가 힘들거나 안 좋은 상황이면 불같이 화내며 혼을 내게 됩니다. 이러한 상황 역시 미리 아이에게 이야기해 두면 좋을 듯합니다. "엄마의 마음의 힘이 클 때는 네가 잘못을 해도 엄마가 이성적으로 대할 수 있는데, 그렇지 못할 땐 엄마도 화를 내게 되어 참 괴롭구나. 엄마가 많이 힘들지 않도록 네가 평소에 많이 도와줬으면 좋겠어"라고 하면 적어도 엄마가 화를 내는 데 있어서 아이 자신이 존재 자체에 대한 회의감이나 자존감의 손상을 덜 겪을 것입니다. 단지 '지금 엄마가 힘들어서 나의 잘못에 대해 민감하게 반응하는 것일 뿐이야' 정도로 받아들일 수 있습니다.

우리 아이들은 엄마에게 짐이 되는 힘든 존재가 아닙니다. 세상 그 무엇과도 바꿀 수 없는 유일무이한 존재들인데, 엄마가 분노 조절을 못해 아이의 소중함을 망각하게 할 수 있습니다. 내 아이가 자신이 하찮은 존재라 여기며 살아가는 것을 원하는 엄마는 없을 것입니다. 그렇기 때문에 더욱더 엄마는 아이에게 사과하는 것을 망설이면 안 됩니다. 엄마가 감정을 조절하지 못한 것에 대해 사과하게 되면 아이는 엄마의 분노가 엄마의 마음의 힘에 달려 있다고 생각하게 됩니다. 그러면서 자신이 분노의 원인이 되는 것이 아니라, 자신의 행동이 엄마의 마음의 힘을 약하게 할 수 있다는 쪽으로 생각하게 됩니다. 그렇게 되면 아이는 내 존재 자체가 그릇된 것이 아니라 행동이 잘못된 것이라고 생각하게 되고 그렇다면 행동을 교정하는 데에도 많은 도움이 될 것입니다.

엄마가 아이를 혼낼 때에도 "이 바보야, 왜 매번 덜렁대서 또 컵을 깨니?"라는 식으로 아이를 폄하하는 것이 아니라, "네가 컵을 깨서 엄마가 화가 나는구나"라고 행동을 먼저 이야기하고 그 다음 엄마의 감정을 말하는 식으로 지적해야 합니다. 죄는 미워해도 사람은 미워하지 말라는 말이 있듯이 잘못은 꾸짖어도 그로 인해 아이를 평가하고 단정짓진 말아야 합니다. 설령 세상 사람 모두 다 내 아이를 미워해도 엄마만큼은 감싸 안아 줘야겠지요.

혼을 낼 때든 사과를 할 때든 중요한 것은 '엄마에게 있어 너는 소중한 존재'라는 것과 '엄마는 너 자체에 대해 화가 나는 게 아니라 너의 행동 때문에 화가 난 것'을 명확히 하는 것입니다.

육아가 힘들다는 것은 경험해 보지 않고서는 체감할 수 없을지 모릅니다. 그렇지만 육아의 바탕과 본질에 사랑이 있어야 하고, 그 사랑을 아이가 온전히 받아야 한다는 것은 누가 가르쳐주지 않아도 엄마가 알아야 할 육아의 기본이지요. 즉, 엄마의 사랑과 관심 그리고 애정 담긴 스킨십을 해 주고 있는가, 그렇지 않은가에 아이의 행동에 대한 답의 반은 있을 것입니다.

아이를 심하게 혼냈다면, 오늘을 넘기지 말고 꼭 사과하는 것 잊지 마세요.

육아에 힘이 되는 부모 교육

제가 부모 교육 활동에 참여한 것은 교육대학원에서 '가족 상담'이라는 수업을 접하고 나서부터였습니다. 당시 채린이 채율이를 키우며 모르는 것이 너무나 많아 힘들었는데, 교육학 수업과 이론이 육아에 큰 도움이 되었습니다. 그러고 나서 든 생각이 '육아에 관한 지식이 있으면 전혀 문제가 되지 않을 것을, 많은 엄마들이 나처럼 모르기 때문에 문제로 떠안고 있구나'였습니다. 인생은 어차피 배워 가는 과정인데, 문제는 몰라서 겪을 뿐이라는 생각이 들었습니다. 그리하여 제가 배웠던 내용을 나누자는 취지로 이웃들과 부모 교육 모임을 시작한 것이 육아를 하는 내내 이어지게 되었답니다.

부모 교육 모임을 하다 보면 엄마로서의 올바른 길을 계속 고민하게 되어 육아에 큰 힘이 됩니다. 모든 인간은 변화가 가능합니다. 인간은 누구나 변화의 자원을 가지고 있고, 이것이 바로 인간의 존엄성이며 높은 의식이 있다는 것을 증명해 주는 것입니다. 이를 경험하게 해주는 모임이 바로 부모 교육 모임입니다.

육아서를 교재로 선택하여 같이 읽고 공부하는 방법도 좋고, 생활과제를 내고 그것을 얼마나 지켰는지 이야기하는 방식도 좋습니다. 저는 매주 주제를 정해 이야기하고 과제를 해 오는 방식으로 부모 교육 모임을 진행했습니다. 예를 들어 자존감에 대해 공부하면 그 주의 과제는 자존감을 높이는 일을 한가지씩 해 오자는 것입니다. 그리고 그 다음 번 모임에서 어떻게 과제를 수행했는지 이야기합니다. 단순한 이론에 그치는 것이 아니라 생활과 연결되게끔 하는 데에 그 취지가 있던 것이지요. 지금 돌이켜보면 사실 쉬운 내용이 아니었는데, 엄마들의 참여도도 높고 과제 수행율도 높았었어요. 그만큼 내 아이를 위한 일에는 엄마들이 적극적이라는 뜻이겠지요.

부모 교육을 통해 꾸준히 나 자신을 가다듬다 보면 아이와 갈등 상황이 왔을 때 현명하고 지혜롭게 대처할 수 있게 됩니다. 예전 같았으면 엄마의 권위로 아이를 제압하고 말 것을 아이의 감정을 어루만지면서 엄마도 행복해지는 방향으로 갈등을 해결하게 되는 것이지요.

이렇게 마음 맞는 엄마들과 모임을 구성하는 방법도 있지만 공공 기관에서 지원하는 수업에 참여하는 방법도 있습니다. 저는 구청 주관 부모 교육 프로그램에 신청해 수업을 두 번 들었습니다. 같은 지역 주민을 모아 신청하여 선정되면 구청에서 교육비 지원을 해 주는 방식인데요. 다 아는 내용인 것 같은데도 들을 때마다 새로워서 '사람은 평생 배워도 모자라다'는 말을 실감했습니다. 내가 발전적으로 변화하고 이러한 것들이 내 아이에게 좋은 영향을 준다는 것 자체가 신이 나고 즐거운 일이 됩니다.

당장 모임 구성이 어렵다면 이와 같은 정부 지원의 부모 교육 모임에 참여해 보는 것도 좋은 방법입니다. 매번 느끼는 것이지만 우리 삶에 도움을 줄 만한 좋은 프로그램들은 참 많습니다. 그런데 그건 누가 찾아서 알려주는 게 아닙니다. 스스로 얻고자 한다면 무수히 많은 정보가 있답니다. 저는 지금도 좋은 부모 교육 강연이 있다고 하면 찾아가서 듣고 오기도 합니다. 많은 것을 알고 있다 생각해도 수업을 들으면 늘 배울 점이 많으니까 충분히 가치가 있다고 생각합니다.

내 안에 좋은 것들을 채워 넣어야 내 아이들에게 좋은 것들을 꺼내어 쓸 수가 있습니다. 그런 면에서 부모 교육은 내 안에 좋은 것들이 고갈되지 않도록 도와주기 때문에 육아를 하고 있는 엄마라면 많은 도움을 받을 수 있습니다. 아무리 나를 가다듬어도 육아에 있어서 힘든 상황은 반드시 옵니다. 그때마다 내가 그 상황에 동요하지 않고 잘할 수 있도록 평소에 좋은 것들을 더 많이 채워 두어야 합니다.

누구에게나 힘든 순간이 있습니다. 특히 아이를 키우는 엄마들은 그 힘든 순간의 한복판에 놓여 있습니다. 이 순간을 어떻게 대처해 나가느냐가 우리에게 주어진 과제입니다. 그런 면에서 부모 교육은 엄마의 과제를 도와주는 매뉴얼이 될 수 있습니다. 부모 교육을 통해 마음을 다잡고 나면 아이들을 대하는 태도가 확실히 달라집니다. 힘든 순간을 이겨낼 내면의 힘이 생겨나기 때문입니다.

법구경에 이런 말이 있습니다. '지혜로운 친구는 어떤 어려움이 있더라도 극복하고 기꺼이 함께 하라.' 지혜가 있는 친구는 내가 어두울 때 밝혀 주고 잠들어 있을 때 깨워 줄 수 있습니다. 특히나 아이를 기르고 있는 동안에는 육아의 지혜가 있는 이웃들을 가까이 하는 게 좋겠지요. 배움이 있고 깨달음이 있으면 그것들이 고스란히 내 아이에게 전해지게 됩니다.

일주일에 단 한 번만이라도 좋은 이웃들과 내 가족의 평화와 나 자신의 전인적인 성장을 위해 쓰는 시간을 가지는 것은 아이를 키우는 엄마에게 꼭 필요한 시간이 아닌가 싶습니다. 그런 모임이라면 이웃 간의 상호작용을 통해 늘 긍정의 기운을 나눠 주고 관계를 위해 공들이는 소중한 모임이 될 수 있을 것입니다. 자신이 가진 좋은 파장을 나눌 수 있는 모임이 엄마들에게는 꼭 필요합니다. 거기에 힘을 보태주는 부모 교육 모임, 지금 당장 시작해 보세요.

육아 일기를 쓰자

아이를 키우며 저에게 큰 도움을 준 것은 바로 육아 일기입니다. 일기를 쓰면서 하루 중 아이와 즐거웠던 시간이 떠오르고 마음 속 깊은 곳에 있는 아이에 대한 사랑을 표현할 기회가 되기 때문입니다. 글을 쓸 때는 말을 할 때에 비해 더 많은 표현을 할 수 있습니다. 뿐만 아니라 잘못한 일은 반성하게 해주고 엄마로서 다짐할 일을 되새길 수 있으니 값진 실천이 되겠지요. 육아를 하며 마음을 다잡을 수 있는 활동이 되었기에 상황이 허락하는 한 열심히 썼답니다.

부모가 자녀의 인생에 남겨줄 수 있는
최고의 유산은 좋은 습관이다 그리고

그 못지않게 중요한 것이 하나 더 있다면

그것은 따뜻한 추억일 것이다

- 존 스미스

아이와 함께했던 따뜻한 추억을 기록해 두는 것도 의미 있는 일이라 생각합니다. 아이에 대한 무한한 사랑을 표현하고 그것이 아이에게 전달되는 육아 일기, 나중에 아이에게도 귀한 사랑의 선물이 되겠지요?

저는 세 아이를 임신할 때마다 태교 일기를 썼습니다. 이 안에 처음 깎았던 손톱, 배냇머리도 담겨 있어요. 물론 일상에서 아이를 키우며 깨닫는 것들이나 느낌, 감동을 적어 두면 더욱 좋겠지요. 아이들과 만들어 가는 소중한 추억은 기록해 두지 않으면 자칫 잊힐 수 있으니 이 육아 일기가 필요하단 생각을 합니다. 손으로 직접 글을 쓰니 엄마의 정성도 느껴지겠지요.

요즘은 육아 일기를 나만의 책으로 만들 수 있답니다. 포토북 형식이라 앨범 역할도 합니다. 엄마로서 아이들에게 가지고 있는 생각, 마음, 해 주고 싶은 이야기들을 담은 보물입니다. 채린이도 엄마의 사랑이 느껴지는지 손님이 오면 꺼내서 자랑하곤 하더라고요. 나중에 아이들에게 사춘기가 오면 아무리 좋은 말로 훈육하는 것보다 육아 일기를 건네주는 것이 더 낫지 않을까 싶네요.

또 저는 블로그를 앨범과 일기처럼 활용합니다. 아이들과 함께한 일상도 기록하고 있어요. 훗날 아이들이 자신의 어린 시절이 궁금할 때 볼 수 있도록 말이지요. 아이들과 했던 놀이들도 포트폴리오처럼 기록할 수 있고 아이들이 자라는 모습을 한 공간에서 확인할 수 있어 좋더라고요.

육아 일기를 쓰는 엄마들은 일기에 부정과 비난을 담지 않습니다. 사랑과 긍정을 주로 담게 되는데 이것이 또 우리의 삶을 생기 있게 합니다. 우리를 화나게 하고 지치게 하는 것들로부터 안전한 자기만의 시간을 갖기 때문이지요. 이 시간 역시 엄마로서의 나를 가다듬고 그 힘을 기르는 혼자만의 시간입니다.

아이들이 빨리 커 주기를 바라는 마음도 물론 있지만 한편으론 시간 가는 게 참 아쉽습니다. 엄마의 사랑을 담아 소중한 시기의 자취를 남기는 것은 큰 의미가 있습니다. 물론 육아를 하고 있을 때만 할 수 있는 일이기도 하고요.

하루를 함께하는 시간으론 모자란 엄마의 마음을 담아
한 권의 일기장을 펴냅니다.
채린이가 살아가면서 지혜가 필요할 때, 혹은 웃음이 필요할 때 혹은
시간의 여유가 그리울 때 꺼내어 추억들을 다시금 되짚어볼 수 있는 매개로서의
역할을 이 일기장이 잘 할 수 있도록 채린이의 유년 시간을 고이고이 간직해
봅니다.
채린이 인생 속에 자리할
사춘기 질풍노도의 시간.
입시를 앞둔 고민의 시간.
결혼을 앞둔 갈등의 시간.
출산과 육아의 과정 속에 이 작은 기록이 채린이에게
도움을 줄 수 있는 지침서가 되어 주고
방향을 제시해 주는 이정표가 될 수 있길 바라며...
사랑하는 엄마가.

10권째 완성하며 -채린이 육아일기中-

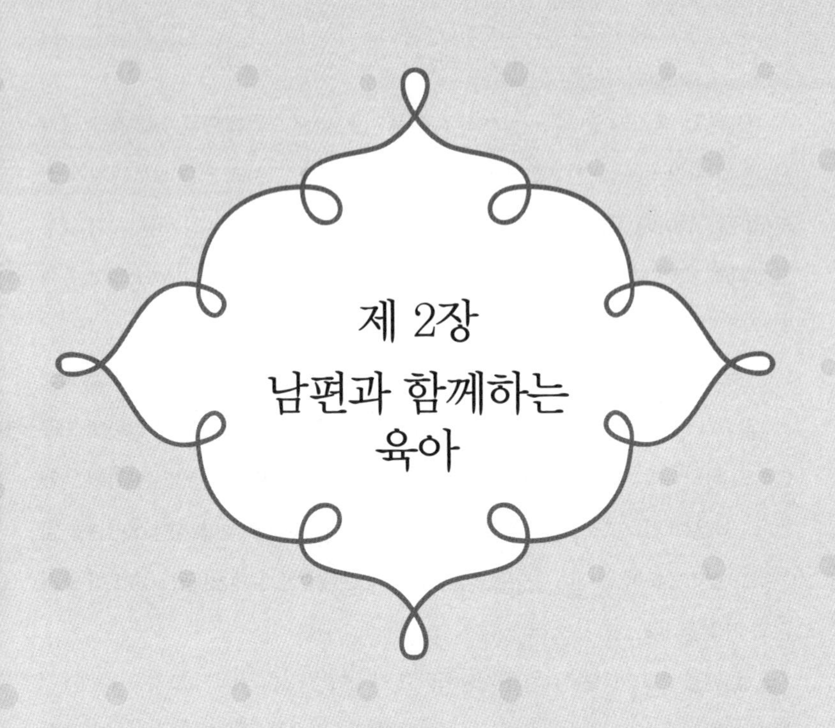

제 2장 남편과 함께하는 육아

'애를 나 혼자 낳았나?'라는 생각 종종 들지요. 남편과 함께 만든 아이인데, 내가 전담한다는 생각이 들면 그렇게 서운할 수가 없습니다. 그런데 남편과의 관계가 좋지 않으면 육아에 직접적인 영향이 미칩니다. 그래서 남편과 육아의 뜻을 같이 세우고 연대해 나가는 것이 중요합니다. 엄마라면 남편과의 관계를 잘 이끌어 육아에 현명한 역할 분담을 해야 합니다.

육아는 그냥 되는 것이 아닙니다. 혼자서 하기엔 역부족인 부분이 많습니다. 무턱대고 내가 그 역할을 다 감당하면 그만큼 나의 육아 능력이 신장될 것이고 남편의 도움 없이도 헤쳐 나갈 수 있는 일이 많아질 것입니다. 그러나 그러는 동안 남편과의 관계는 소원해지겠지요. 그러니 나 혼자 힘든 시간을 보낼 것이 아니라 남편의 공간을 남겨두고 찾아오도록 안내해 줘야 합니다. 남편의 존재감을 크게 만드는 것이 바로 사랑의 기술입니다.

저도 남편을 변화시키는 것은 불가능하다고 생각했던 사람입니다. 그러나 육아에서의 아빠의 중요성을 꾸준히 접하도록 하니 변하지 않을 것 같은 남편도 서서히 변하기 시작했습니다. 물론 백퍼센트 만족하지는 못하지만 하나의 방향으로 항해한다는 연대감이 확고해졌습니다.

늘 한결 같을 수는 없겠지만 가족이라는 울타리 안에서 살아간다면 바람직한 방향으로 나아갈 수 있도록 늘 노력해야 합니다. 누구에게나 사연은 있습니다. 한 아이의 엄마라면 이제 내 삶의 사연은 내가 만들 시점이 되었습니다. 언제나 인생이 뜻한 대로 흘러가지는 않겠지만 육아만이라도 뚜렷한 의식을 갖고 헤쳐 나가는 엄마가 되어야겠습니다.

행복 육아, 행복한 부부가 먼저다

저는 농담처럼 아이 셋을 낳으니 남편에게 대접받고 산다 말하곤 합니다. 남편이 퇴근 후에 설거지도 하고, 종종 요리도 하고 청소도 잘 도와주기 때문입니다. 대신에 아이들을 씻기거나 놀아 주는 부분은 제가 맡아 하고 있습니다. 물론 이런 것들은 저희 부부가 서로의 능력에 대해 인지하고 맞춰 온 결과입니다. 나름의 합리적인 역할 분담이라고 할 수 있겠지요. 서로가 원하는 것들을 대화로 조절해 부딪히는 부분을 줄여 온 것입니다. 누구 하나의 역할이 커지면 버겁기 마련입니다. 균형을 잡고 서로 돕는 관계가 되어야 가족의 행복이 보장됩니다. 가끔은 이렇게 좋은 남편을 데리고 산다는 것이 시댁에 괜히 미안해질 때도 있습니다.

저도 늘 남편과 좋았던 것은 당연히 아닙니다. 생활을 같이 하며 맞춰야 하는 부분이 많기 때문에 부딪히는 부분도 많았습니다. 이혼을 생각한 적도 있었습니다. 매번 단점만 파헤치고, 더 해 달라 징징대고, 부족한 것들만 보고, 그것을 확대시키고, 늘 남편을 비난하고 개조하기에 바빴습니다. 이런 것들이 남편을 힘들게도 했습니다. 장점을 크게 보고 그것으로 더 큰 능력을 쓰게 할 수도 있었을 텐데, 왜 상대방 마음을 아프게 하면서까지 싸움을 했었나 하는 후회를 합니다. 내가 옳다고 믿는 것을 따르라고 강제하는 대신 좀 더 따뜻하고 친절하고 배려 깊게 행동할 것을, 왜 내 역할이 남편의 습관과 행동 방식을 고치는 데에 있다고 믿었는지 모르겠습니다. 내 의도와 욕구에 모든 걸 맞추지 않고 상대와 상황에 따른 해결을 모색했다면 좀 더 빨리 부부 사이가 좋아졌을 것이라는 걸 감정적 대가를 많이 치르고 나서야 깨닫게 되었습니다.

물론 지금도 서로에게 상처가 되는 말을 하고 여전히 싸우기도 합니다. 하지만 싸우는 방식이나 화해의 방식은 많이 달라졌습니다. 무조건 "아니야", "당신이 틀렸어"가 아니라 "그래, 나도 그런 면은 인정해", "그건 그렇지", "맞아". 이런 화법을 쓰게 된 이후 많은 부분이 나아졌습니다. 나의 잘못을 인정하고 상대방의 옳음을 인정하는 것은 어찌 보면 별 거 아닌데, 몸에 밴 습관이 이를 쉽지 않게 하니 갈등의 실

타래를 풀지 못했던 것이지요. 하지만 인정한다고 해서 내가 낮아지는 것이 아니고 오히려 상대방에 대한 열등감이 있으면 그것이 쉽지 않다는 결론을 내린 뒤로부터 인정의 표현들이 쉽게 나오게 되었습니다. "당신이 잘못했다고 말한다고 해서 당신이 내 아래 서열이 되는 것은 아니야", "내가 당신보다 어떤 부분은 더 잘한다고 해서 당신 위에 서게 되는 것도 아니고" 라는 생각들이 잘 정리된 것이지요. 서로를 그리고 자신을 인정하는 말들이 수만 가지의 부정의 씨앗을 몰아냈습니다.

저희 부부는 싸울 때 내가 왜 이러는지를 밝히려 노력합니다. 예를 들면 "내가 얼마나 고생했는지 인정받고 싶어서 그래", "사실, 사랑받고 싶어서 그런 거야", "나 혼자 힘든 건 좀 억울해서 그래" 이렇게 내부의 열망을 속시원하게 털어 놓으면 싸움이 커지지 않습니다. 또 싸우고 나면 사과도 쿨하게, 가능한 빠른 시간 내에 했습니다. "미안해, 그렇게까지 말할 건 아니었는데, 내 생각이 짧았어". 이런 과정을 거치면서 우리 부부가 할 줄 아는 표현도 늘고 서로를 더 잘 이해하게 되었습니다. '말하지 않으면 모른다'는 생각으로 처한 상황과 생각을 나누려 노력했습니다.

인간이 관계 맺고 살아가는 이상 갈등이 없을 수는 없습니다. 과거에도 그랬고 현재에도 그러하며 앞으로도 크고 작은 갈등 속에 살아갈 것입니다. 하지만 부부 사이를 긍정하는 어떤 하나만 있으면, 그리고 가정 안에서의 역할을 합리적으로 분담할 수만 있다면 부부 사이는 분명 개선될 것입니다.

유대인들은 결혼식 축가가 군악대 음악의 기세와 비슷하다고 합니다. 결혼과 동시에 두 사람이 전쟁터에 나아가는 전사처럼 서로 싸우고 상처 입히게 되니 결혼과 전쟁은 같은 맥락이라는 뜻입니다. 결혼이라는 게 연애처럼 달콤하기만 한 것은 아니니까 말입니다. 하지만 서로 싸우고 상처 입히는 속에서 타협하고 조율해 이뤄낸 사랑이야말로 처음 남녀가 만나 설레던 그 사랑에 비할 바가 아니란 생각이 듭니다. 이게 진짜 사랑인 것이지요. 결혼해서 서로 깨지고 부딪히며 이뤄낸 진짜 사랑이 있느냐 없느냐에 따라 많은 부부의 모습이 다를 거라 생각됩니다. 그런 면에서 바람직한 배우자는 이미 충분히 멋진 사람보다는 발전적으로 변화할 수 있는 사람이 아닌가 싶습니다.

사실 전 남편보다 아이에 대한 사랑과 열정이 지나치게 큰 엄마였습니다. 좋은 엄마가 되고 싶어 이것저것 공부하다가 좋은 엄마가 되기 위해서는 기본적으로 부부 사이가 좋아야 한다는 것을 알게 되었습니다. 자녀에게 정말 좋은 영향을 주기 위해서지요. 이상적 가족 관계는 부부 사이의 밀착도가 자녀와의 밀착도보다 높은 관계라고 합니다.

이 사실을 받아들이기까지 많은 의구심이 있었지만 시간이 지나며 이것이 어떤 의미인지 깨닫게 되었습니다.

이를 증명해 주는 이야기가 있습니다. 전기 충격에 관한 실험인데요, 쥐 한 마리는 주기적으로 전기 충격을 주고 다른 쥐가 이를 목격하게 합니다. 이상하게도 전기 충격을 받은 쥐보다 이를 지켜본 쥐가 먼저 죽는다고 합니다. 전기 충격을 받는 것보다 그것을 지켜보는 게 더 큰 스트레스라는 것이지요. 이 실험은 다시 부부 관계가 아이들에게 얼마나 안 좋은 영향을 주는지 돌아보게 합니다. 아이를 온갖 지극 정성으로 키웠다 한들 아이 앞에서 부부가 싸우는 모습을 많이 보여줬다면 아이를 폭력으로 키운 것과 같은 효과를 낼 수 있다는 것이죠. 남편을 원수처럼 생각하고 지내는 건 내가 공들여 쌓아 올린 자녀 교육의 탑을 무너뜨리는 것이 됩니다.

그렇다면 싫고 짜증나는 남편을 어떻게 좋아해야 하는지의 과제가 생깁니다. 좋은 부부 사이를 위해 반드시 필요한 것이 대화입니다. 사람들이 사는 모든 곳은 원활한 소통이 이루어져야 하는데 그렇지 못해 생기는 숱한 오해가 갈등과 문제를 야기합니다. 그래서 건강한 부부라면 둘 다 수다쟁이거나 둘 중 하나는 수다쟁이라는 말이 있는 것입니다. 물론 일방적인 수다는 대화가 아님을 전제로 합니다. 그건 혼잣말과 다름없기 때문입니다. 소통이 잘 되는 부부는 싸우더라도 금세 풀립니다. 이것이 부부 사이를 건강하게 만듭니다. 뿐만 아니라 가정 안에서의 역할 분담도 합리적으로 할 수 있게 되고 엄마 혼자 가사와 육아를 도맡는 불상사가 생기지 않도록 도와주죠. 저는 식사를 하며 신랑과 많은 대화를 나눕니다. 저의 하루 일상이 주된 이야기들입니다. 주저리 주저리 이야기하다 보면, 제 입장을 가장 잘 이해해 주는 것이 남편이고 제가 처한 어려움이나 혹은 저의 나쁜 습관들에 관해 세련되게 충고와 조언도 해 줍니다. 그러다 보니 남편도 회사 일을 이야기해 주더라고요. 예전엔 회사 일에 대해선 이야기하지 않았는데 말이죠. 그러면 저 또한 재밌게 경청하고 공감해 주며 서로 많은 부분을 교감한답니다.

관계를 유지해 나간다는 게 때로는 생활의 소소한 아이디어들을 요하는 일인 것도 같습니다. 저희는 가끔 편지도 사용하는데요, 어느 순간부터 남편을 존경한다는 표현을 자주 쓴 것 같습니다. 남편에게 힘이 되고 또 나의 마음을 가장 적절하게 표현할 수 있는 좋은 말이 바로 '존경'이라고 생각합니다. 그래서 주변 지인들에게도 남편에게 편지 쓰기를 종종 권합니다. 그 다음 제가 듣는 말은 "정말 효과가 있더라고요~"였습니다.

부부 사이를 좋게 만드는 데에 여러 가지 방법이 있겠지만, 사실 가장 중요한 것은 상대방을 향한 마음이 어떠한가입니다. 사람들 사이의 모든 관계가 그러하듯 상대방의 행동보다 그 사람에 대한 나의 마음이 더 중요합니다. 똑같은 행동을 두고도 상대방이 싫으면 모든 게 불만이 되고 좋으면 다 괜찮아집니다. 오히려 좀 못하더라도 이해하게 되지요. 그래서 상대방에 대한 감정을 좋게 유지하는 게 가장 중요합니다. 다시 말하자면 상대를 좋아하면 내가 가지고 있는 모든 정보들을 좋은 결론이 나게끔 조합하고 상대를 싫어하면 내가 가진 모든 정보들을 나쁜 결론이 나게 조합하는 것입니다. 그러니 어찌 보면 행동 자체는 문제되지 않습니다. 내가 그 사람을 좋아하면 그 사람의 안 좋은 행동도 이해하고 넘어가지만, 그 사람을 싫어하면 그의 모든 행동이 싫어지는 겁니다. 그 행동들을 곱씹으며 그 사람이 잘못했다는 것을 끝없이 증명하려 합니다.

그러므로 일단 남편에 대한 인지를 좋게 해 둘 필요가 있습니다. 아이를 낳고 기르는 부부는 합심하고 협력하여 멋진 팀워크를 발휘해야 합니다. 둘이 힘을 합해 아이를 기르는 것도 사실 쉬운 일이 아닌데 서로 사이가 안 좋다면 육아 자체가 엄청난 스트레스가 됩니다. 행복한 육아를 위해 부부 관계를 재점검하고 재정립할 필요가 있습니다.

행복한 부부가 되는 것은 나와 남편의 일일뿐만 아니라 내 아이들의 현재와 미래가 달린 일입니다. 내가 어떤 부모를 만나느냐는 나의 선택일 수 없는 문제였지만, 내가 어떤 부부가 되느냐 어떤 부모가 되느냐는 나에게 달린 일이기 때문입니다. 사르트르가 '인생은 B와 D 사이의 C다. 즉, 탄생과(Birth)와 죽음(Death) 사이의 선택(Choice)'이라고 했던 것처럼 이제 좋은 부부가 되느냐 나쁜 부부가 되느냐, 또는 좋은 엄마가 되느냐 나쁜 엄마가 되느냐는 내 선택에 달린 것입니다.

남편을 '아빠'로 만들자

힘든 육아에서 가장 좋은 자원은 남편입니다. 하지만 엄마가 처음부터 엄마가 아니듯, 아빠들 역시 준비 없이 아빠가 됩니다. 채트리오 아빠도 임신 중에는 정말 따뜻한 남편이었는데, 막상 아이가 태어나니 '나 몰라라' 하는 부분이 없지 않았습니다.

첫째 때는 이런 부분을 두고 많은 갈등을 겪었습니다. 아이를 한 명, 두 명 더 낳으면서 아빠가 육아에 동참하지 못하는 것을 못마땅해하기보다는 제가 집에서 아이를 보면서 겪는 심리적인 갈등과 힘겨움을 얘기하고 도움을 청했습니다. 그랬더니 정말 신기하게도 남편이 변하기 시작했습니다. 혼자 육아나 가사를 떠맡고 침묵하면 상대방이 알리가 없습니다. 혼자서는 역부족이라는 것을 계속 호소해야 그나마 조금 알 수 있게 되더라고요. 물론 단박에 남편이 변화한 것은 아니었습니다. 육아를 분담하기 미덥지 않은 부분이 있더라도 남편에게 맡겨 놓기도 하고, 정부 지원 프로그램인 부부 교육 수업도 같이 듣고, 제가 읽었던 육아서의 핵심을 이야기해 주는 일을 반복하다 보니 남편이 서서히 변하기 시작했습니다. 서툴게 아빠 역할을 시작했지만 결국 가사와 육아에 대한 능력도 늘더라고요. 어떤 부분은 저보다 탁월하기도 하고요.

처음엔 육아에 많이 참여하는 아빠 얘기들을 남편에게 해 주곤 했는데, 그럴 때면 "그런 남편이 어딨어?" 라며 받아들이지 않았습니다. 비교처럼 느껴져서 더욱 그랬겠지요. 그런데 이제는 채트리오 아빠가 다른 남편들의 공공의 적이 되었다고 하더군요. 다른 집 엄마들이 남편들에게 채트리오 아빠 이야기를 해 주면 "그런 남편이 어딨어?" 되레 이런 말을 듣는다고 합니다. 이게 불과 몇 년 안 되는 사이에 벌어진 기적 같은 일이랍니다.

남편이 육아에 동참하게 되면 당연히 좋은 현상이 일어납니다. 아이들이 아빠를 따르게 되는 것은 두말할 필요 없고 아내들 또한 남편의 존재에 고마움을 갖게 됩니다. 저 또한 육아로 인해 남편과 갈등이 많았을 때는 모든 게 불만이었는데, 남편이 적극적으로 도와준 후부터는 남편의 노고를 늘 마음에 담아 두고 감사하게 되었답니다. 남편이 아빠로서 역할을 잘해 주니 이렇게 든든한 내 편이 있다는 것 자체만으로도 큰 힘이 되었습니다. 그러다 보니 '자식보다 남편'이라는 생각이 어느 순간 자리 잡게 되더라고요. 자식은 정말 내 뜻대로 되지 않는 부분이 많지만, 남편은 한 배를 탄 동지로 협력하기 쉬운 관계이니 차라리 남편을 키우는 게 더 낫다 싶은 생각도 들었습니다.

육아와 가사를 하다 보면 육체적으로 힘듭니다. 혼자라면 더 쉽게 지치고 더 많이 힘들겠지요. 그런데 이를 둘이 같이 해 나간다면 부부 사이에 육아와 가사로 인한 심리적인 혹은 정신적인 갈등이 해소되면서 가정생활이 행복해질 수 있습니다. 부부 사이의 능력이란 것은 각자의 역할 분담을 합리적으로 하는 게 아닌가 싶습니다. 이 부분이 해결되면 많은 것들이 안정적 궤도를 찾아갑니다.

가정 내에서의 역할 분담이 어느 정도 이루어지면 그때부터는 '아빠'로서의 모습도 슬슬 익숙해져 갑니다. 그러면서 또 덤으로 얻게 되는 것은 자연스럽게 시댁으로부터 독립이 진행되는 것입니다. 아무래도 처자식에 관한 책임감이 커질수록 시댁과는 일정한 거리가 생기게 되겠지요. 원래 시댁과 많이 밀착되어 있을수록 힘든 부분이 많아지고 자주 부딪히게 되어 있습니다. 이런 상황에서 건강한 독립을 이루려면 남편에게 시댁의 모습을 객관화시킬 필요가 있습니다. 익숙해져 있는 것들에 대해 옳고 그름 혹은 좋고 나쁨을 판단하기는 쉽지 않습니다. 그렇지만 상황을 냉철하게 분석하는 힘을 기르고 잘못된 것을 잘못됐다고 인정할 줄 알게 되면 이것 하나만으로도 관계가 많이 좋아집니다. 아내가 시댁과의 관계 속에서 힘들어하고 아파하는 부분이 있다면 그건 반드시 객관화할 필요가 있습니다. 익숙함에 아내를 맞추려 하지 말고 최대한 객관적인 시각으로 판단하게 되면 좀 더 합리적인 결과들이 도출됩니다. 가족 안에서 우선순위를 정하고 중심을 세우고 흔들리지 않게 나아가다 보면 그것이 내 가족을 지키는 힘이 됩니다. 중심이 바로 서면 누가 뭐라고 할 틈이 없게 됩니다.

가족. 이 작은 구조도 안에 여러 관계가 존재하고 구성원은 각각의 영향력을 행사합니다. 건강한 균형을 잡아가기 위해 대화하고 타협하고 노력하고, 그러기 위해 공부하고 방법을 찾고… 그러면서 진화해 가는 것이지요. 모두의 성장과 발전을 이루기 위해선 '나'보다 '우리'를 생각해야 합니다. 공동생활에선 무엇보다 서로에 대한 '배려'가 기본이 되어야 하고요. 서로가 원하는 배려를 해 주기 위해선 소통이 잘 되어야겠죠. 소통이 잘 되기 위해선 상대방을 총체적으로 이해해야 합니다. 이 모든 노력을 무시하면 갈등이 반복됩니다. 그리고 서로의 탓만 하며 소중한 시간들을 불행하게 흘려보내는 우매함을 저지릅니다.

지금 당장 나에게 가장 소중한 것은 무엇이며 여기서 어떻게 지켜 나가야 하는지 고민해야 합니다. 가장 적절한 방법은 남편을 아빠로서 기능하게 하는 것입니다. 그러면 노력의 배분도 쉬워집니다.

사람은 누구나 발달과업이라는 게 있습니다. 엄마는 엄마로서의 발달과업이 있고 아빠는 아빠로서의 발달과업이 있습니다. 보편적으로 가정 내에서 엄마가 엄마로서의 발달과업을 수행하는 일이 아빠가 아빠로서의 발달과업을 수행하는 것보다 더 잘 이루어집니다. 그러다 보니 육아는 엄마만 전담하게 될 수 있는데, 이렇게 되면 가족 내의 평화가 깨지기 십상입니다. 아무래도 아이와 더 많은 시간을 보내는 엄마들에 비해 아빠들은 아이를 다루는 데에 서툴 수밖에 없습니다. 그렇기 때문에 아빠들에게도 육아 정보를 많이 제공하고 적극적으로 육아에 동참시키는 일이 필요하지요. 아빠가 하는 일들이 서툴러도 기다릴 줄 아는 여유를 가져야겠습니다.

육아를 위해 아빠를 교육하자

일반적으로 아이를 낳고 부부 사이가 좋아지기보다 나빠지는 경우가 더 많습니다. 아내는 아이를 낳고 아이에게 헌신을 다하는 반면 남편은 그런 아내의 모성을 보고 그 안에 귀속하고 싶은 욕구가 생기기 때문입니다. 심지어 아이에게 묘한 질투심을 느끼기도 합니다. 아내는 당연히 이런 상황을 이해하지 못합니다. 나 혼자 낳은 아이도 아니고 나만 부모 역할을 하는 것이 억울하기도 합니다. 그런데 남편은 아빠 역할은커녕 자기도 봐 달라고 앵앵거리니 예쁘게 봐줄 수가 없습니다.

그러고 보면 모성과 부성은 같을 수 없다는 생각도 듭니다. 엄마는 아이와 한 몸이었다가 출산의 고통을 감수하고 아이를 낳기 때문에 아이에 대한 마음이 조금은 더 깊을 수 있을 것도 같습니다. 다음은 고려 시대 때 불렸던 고려가요 중 모성과 부성이 다름을 언급한 사모곡이란 작품입니다.

사모곡- 작자 미상 (고려가요)

호미도 날이 있지마는
낫같이 들 리가 없습니다
아버님도 어버이시지마는
위 덩더둥셩
어머님같이 사랑하실 분이 없습니다
아서라 사람들이여
어머님같이 사랑하실 분이 없습니다

아버님도 아버님이지만 어머님같이 나를 사랑하실 분이 없다는 내용의 노래지요. 예부터도 모성과 부성이 다르다고 생각했던 것입니다. 그렇다면 모성과 같은 부성을 남편에게 요구하기 이전에 모성과 부성이 다를 수 있음을 먼저 인정하는 것이 차라리 빠를 듯합니다. 그렇지만 아무리 모성이 생득적으로 강하다 해도 엄마가 부모 역할을 혼자 떠맡을 수는 없는 일입니다. 어떻게 하면 남편을 육아에 동참시킬 수 있을까요? 당연히 교육입니다. 그렇지만 남편을 앉혀 놓고 학습을 시킬 수는 없습니다. 아빠의 역할이 중요하고 아빠가 동참해야 아이들이 더 행복해질 수 있다는 것을 자연스럽게 인지시키고 남편이 가사를 돕지 않으면 아내가 힘들다는 사실도 깨닫게 해 줘야 합니다.

채트리오 아빠 역시 처음부터 육아에 동참하진 않았습니다. 제가 힘들다고 호소하면 오히려 자신이 끼어들 틈이 없다고 반박했습니다. 물론 돌이켜 보면 그 말도 틀린 말은 아니었던 것 같습니다. 힘들어 하면서도 혼자 육아의 많은 부분을 도맡아 하려 했던 부분이 없진 않았으니까요. 아무튼 변하지 않을 것만 같던 채트리오 아빠가 육아에 없어서는 안될 귀중한 존재가 되기까지 제가 활용한 자료들을 소개하겠습니다.

국가인권위원회에서 만든 영화 〈별별 이야기〉 중 '그 여자네 집' 편을 이야기해 보겠습니다. 맞벌이가 아니더라도 가사와 육아는 부부가 공동으로 분담해야 할 일이죠. 그런데 이 영화를 보면 맞벌이 부부인데도 남편은 집안에서 자기가 하고 싶은 대로 다 하고 "피곤해~ 힘들어~"라는 말을 달고 삽니다. 아내는 하루하루 전쟁 같은 시간을 홀로 치릅니다. 남편 깨우기, 아침밥 차리기, 우는 아이 달래기 등등. 결국 이런 생활에 참다못한 아내는 지긋지긋한 일상을 깨끗이 청소하기로 마음먹고 진공청소기를 돌리기 시작합니다. 이 영화의 마지막 부분에서 주인공 종숙은 진공청소기로 집 안의 모든 것을 빨아들인 뒤 다시 새롭게 집을 꾸밉니다. 이 영화의 백미이자 압권이라고 할 수 있죠.

합리적인 사고를 가진 남성이라면 당연히 가사와 육아를 공동의 몫으로 인식하고 적극적으로 동참할 것입니다. 현명한 아빠라면 육아로부터 지쳐 있는 아내를 '나 몰라라' 하진 않겠지요?

다음은 아이들에게 있어 아빠의 역할이 어떤 것인지를 보여 주는 자료들입니다. 읽어 보시고 남편과 이야기를 나눠 보세요. 먼저 소개해 드릴 자료는 고전 자료입니다. 가정 내 아빠의 역할은 현대에서 강요되기 시작된 것이 아닙니다. 동서고금을 막론하고 아빠의 역할은 너무도 중요하게 여겨져 왔답니다.

정약용, 《유배지에서 보낸 편지》와 교훈

손대지 않은 분야가 없을 정도로 다방면에 뛰어났던 정약용에게도 아킬레스건이 있었습니다. 바로 천주교도라는 것이었는데요, 이것이 그의 발목을 잡고, 18년 동안 유배 생활을 하게 만들었습니다. 이러한 삶에 당연히 억울함과 울분 그리고 한이 담겨 있었겠지요. 그러나 정약용은 이러한 감정에 갇히지 않고, 아들들에게 폐족으로서 학문을 하지 않으면 안 된다는 것을 강조했답니다. 비록 떨어져 있지만 교육자로서의 부모의 역할을 잊지 않고 훈계하고 있다는 점에서 극진한 아버지의 사랑을 보여 주고 있습니다.

특히 교육에 관한 그의 지론은 현대를 살아가는 모든 부모들이 한 번쯤 읽어 둘만하며 자식 된 입장에서도 가슴에 새겨둘 만합니다. 《유배지에서 보낸 편지》는 정약용의 문학사상, 경제사상 등이 특히 잘 드러나 있는데, 시를 짓는 데 있어서 인륜의 감정을 표현하고 감정의 표현에서 그칠 것이 아니라, 사회를 바람직한 방향으로 이끌 수 있어야 한다는 그의 효용론적 사상이 반영되어 있습니다. 독서 지도에 관한 그의 생각과 당대 유행했던 서적 비평들도 잘 정리되어 있답니다.

자식을 교육하는 데 있어 도움이 됨직한 편지의 제목과 내용을 옮겨 적으면 다음과 같습니다.

1. 책을 반복해서 읽어라.
2. 힘들어도 포기하지 말아라.
3. 좋은 책을 가려 읽어라.

4. 경제에 관한 책을 즐겨 읽어라.

5. 옳은 것을 지켜 이익을 취하라.

6. 인간이 귀한 것은 양심이 있기 때문이다.

7. 성실함이 최우선이다.

8. 계획을 세워 공부하라.

9. 시의 근본은 인륜에 있다.

10. 남에게는 베풀어라.

11. 사랑받기보다 존경받는 사람이 되어라.

12. 남의 허물을 지적할 때에는 공정한 마음으로 하라.

13. 세상을 큰 눈으로 보아라.

14. 말하고 행동하기 전에 생각하라.

15. 아량을 베풀고 용서해라.

16. 하늘에 부끄러운 일을 하지 마라.

17. 사소한 일에 얽매이지 마라.

18. 어려워도 글공부는 포기하지 마라.

물론 다 너무도 옳은 말이기 때문에 오히려 가슴에 와 닿지 않을 수도 있겠지만, 이렇게 주제를 가지고 아들들에게 계속적으로 편지를 썼다는 사실이 참 대단합니다. 저의 남편은 책을 거의 읽지 않아 제가 주로 책을 읽고 내용을 전달해 주는 편이랍니다. 제가 독후감을 쓰는 습관이 있어서 책의 전반적인 총평 그리고 책 속에서 안상 깊었던 문구들을 기록해 두면 그것을 남편이 읽는 것이지요. 그러면 한 권의 책을 읽은 것 같은 효과가 생기더라고요.

지금은 제가 따로 읽어 보라 하지 않아도 제 독후감의 열혈 독자가 되었습니다. 책을 읽고 정리해 둔 것을 남편이 읽기 때문에 일상생활에서 대화도 잘 통하더군요. 책을 안 읽는다고 방법이 없는 것은 아니었단 생각이 듭니다. 육아에 대해 같이 고민하고 육아관을 정립해 나가면 남편의 육아 참여도도 같이 높아지겠지요?

다음은 서양 고전을 하나 가져오겠습니다.

칼 비테, 《칼 비테의 자녀교육법》

칼 비테(1767~1845)는 19세기 독일의 유명한 천재인 칼 비테(자식 이름을 본인과 똑같이 지음)의 아버지이자 목사였어요. 그는 미숙아로 태어난 아들을 훌륭하게 키워 냈고, 친구 페스탈로치의 권유로 육아 이야기를 썼습니다.

타고난 천재가 아닌 길러진 영재의 성장 과정을 담은 이 책 역시, 읽는 동안 길러지는 영재는 부모가 똑똑해야 하고 많이 공부해야 한다는 깨달음을 크게 받았답니다. 또 가정교육은 아이의 건강, 재능, 인격 형성의 근간이라는 확신과 부모는 아이들의 무한한 가능성을 깨닫고 어릴 때부터 좋은 학습 환경을 만들어 주어야 한다는 생각도 하게 되었지요. 물론 이를 위해서는 풍부한 교육적 체험을 제공해 재능을 계발시켜야 한다고 합니다. 이 책을 아빠를 동참시킬 수 있는 책으로 추천하는 이유는 칼 비테가 아빠 자격으로 자식을 영재로 길러 냈기 때문입니다.

칼 비테는 시대에 앞선 깨달음이 있던 사람이었습니다. 지금이야 누구나 태교를 중시하지만, 그 당시엔 그렇지가 않았습니다. 귀족이라면 대부분 유모에게 육아를 맡겼고 심지어 떨어져 살다가 청소년기가 되어야 아이와 상견례를 하고 맡아 키우기도 했습니다. 그런데 칼 비테는 임신 때부터 아이에게 각별한 관심을 갖고 키워야 함을 강조했습니다.

칼 비테는 우리에게 익숙지 않은 이름이긴 하지만 프뢰벨, 몬테소리, 글렌도만 역시 칼 비테의 영향을 많이 받았다고 하니 육아에 관심이 많은 아빠들은 필히 읽어야 할 책이 아닌가 싶습니다.

다음은 책에서 발췌한 문구입니다.

> "부모는 가정교육을 잘 시키지 않으면 유능한 교육가가 아이를 지도해도 소용이 없다는 것을 알아야 한다. 가정교육은 부모만이 할 수 있는 부모의 천직이기 때문이다."

이렇게 가정 안에서의 교육이 중요합니다. 아빠들, 노력하고 분발해야겠지요?

김영훈, 《엄마가 모르는 아빠 효과》

이 책에선 남자들이 사회적 지위도 자리 잡지 못한 상황에서 아빠가 된다고 합니다. 또 아내에게 있어선 아이와 경쟁 관계에 있을 수밖에 없는 처지에 놓이고 이로 인해 산후 우울증 못지않은 아빠 우울증이 있다고 하네요. 그러니까 대부분의 아빠들이 극단적으로 감정이 예민해질 무렵 아이의 탄생을 맞이하고 아이를 보호하는데 필요한 방법과 절차를 하나하나 습득하기보다 자신을 짓누르는 막중한 책임감으로 인해 육아에서 멀어지게 되는 것이지요. 이 책에서는 그럼에도 불구하고 아빠가 육아에 참여해야 하는 이유를 끈질기게 서술하고 있답니다. 처음 이 책을 펼쳐 보고 그간 제가 남편에게 목 놓아 울부짖었던 내용들이 고스란히 담겨 있어 크게 공감도 했었고, 또 한편으로는 남편의 처지를 이해하게 된 계기가 되었습니다.

저는 남편들이 육아에 동참하는 것이 비단 자녀를 훌륭하게 키우기 위한 것만은 아니라고 생각합니다. 아내에 대한 책임 또한 포함되어 있다는 것입니다. 결혼이란 사랑만으로 결속하는 것이 아니라 내가 했던 약속들을 지켜 나가는 것이기 때문입니다. 아내란 존재는 어떻습니까? 사회적으로 무한한 가능성을 포기하고 육아에 전념하고 있지 않습니까? 물론 육아는 그럴만한 가치가 충분히 있는 일입니다만 생각만큼 쉽지는 않습니다. 직장에서 받는 인간관계의 스트레스야 어차피 남이라 생각하면 마무리될 수 있습니다. 하지만 내 아이와 겪는 인간관계의 스트레스는 자칫 아이들에게 상처를 남길 수 있기 때문에 더욱 힘이 듭니다. 한두 번 보고 말 사이가 아니기 때문에 더욱 그렇습니다.

남편이 아내의 육아 스트레스를 알아주고 다독여 주면 부부 관계도 돈독해지고 그것들이 또 나의 아이에게 좋은 영향을 주게 됩니다. 이렇게 연쇄적으로 반응하게 되는 것이지요. 이렇게 좋은 효과가 있는 육아 동참의 기회를 남편들이 놓치지 말아야겠지요. 아이들 크는 건 한 때입니다. 이때 부부 사이를 돈독하게 해 놓으면 노후에도 외롭지 않고 그렇지 않으면 나이 들어 외톨이가 되기 쉽습니다. 엄마 중심으로 결속력이 강화된 가족 내에서 설 자리를 잃어버리게 되는 것이지요. 힘들 때 외면한 남편이 늙어서 곱게 보일 리 없고 아이들 또한 어려서 가깝지 않았던 아빠를 컸다고 가깝게 느낄 리 없습니다.

남편을 육아에 동참시키기

공통의 관심사를 찾아라

제가 남편과 가장 잘 맞는 부분은 여행을 좋아한다는 것입니다. 그래서 저는 주말이면 남편과 아이와 함께하기 좋은 곳을 찾아다니곤 합니다. 굳이 서로 역할 분담을 하지 않더라도 여행지에서는 각자의 일을 찾아 하게 되니 자연스럽게 가족이 단합된답니다. 제가 일상에서 스트레스가 많아졌다 싶으면 남편이 알아서 여행 계획을 세우고 주말이면 떠나기도 합니다. 여행은 그 자체로 의미가 있지만, 여행을 준비하는 과정은 부부를 협력 관계로 만들어 줍니다.

해외여행의 경우 6개월이나 1년 전에 계획을 세우는데, 그동안 여행지 정보를 검색하고 동선을 짜는 것 또한 큰 기쁨이지요. 여행이라는 공통 관심사 하나가 관계 전체를 좋게 만드는 힘을 지니고 있더라고요. 가족이 모두 몰입해 즐겁게 할 수 있는 공통의 관심사를 찾는 것은 이래서 중요한 일 같습니다.

저는 자연주의 루소, 경험주의 로크의 교육론에 맞게 감각 위주의 실물 교육을 추구하고 있습니다. 그래서 우리 아이들이 자연 속에서 많은 것을 보고 느끼게 해 주려고 노력합니다. 나무와 숲, 바다, 하늘. 이 모든 자연이야말로 인간의 마음을 정화하는 전능한 힘을 가졌고, 이 전능한 힘을 느낄 기회가 바로 여행이라 생각합니다. 그리하여 여행은 사람들에게 기쁨과 행복을 주고 긍정적으로 변화시킵니다. 길가에 나무 한 그루, 꽃 한 송이, 팔랑거리는 나비…. 이 소소한 자연의 싱그러움이 미소로 전이될 때 우리는 우리 삶에서 자연이 얼마나 소중한지 깨닫게 되지요. 여행은 이러한 교육관에도 딱 맞는데다 가족의 친목을 도모하는 행사로 제격입니다. 가족에 집중하고 더 많은 대화를 나눌 수 있어 큰 매력이 있지요. 그런데 여행은 꼭 아이들만을 위한 것이 아니라 엄마 아빠를 위한 것이기도 합니다.

요즘 들어선 여행을 하다 보면 집안일을 할 필요가 없어지기 때문에 마음이 한결 더 편해지는 것 같더라고요. 그만큼 살림의 스트레스를 덜 받는다는 것이겠지요. 최근에는 이런 맛에도 여행을 떠나곤 한답니다.

바보는 방황하고 현자는 여행한다는 말이 있습니다. 여행으로 내딛는 한 발짝의 발걸음이 나의 기분을 그리고 나를 변화시킬 수 있는 마법 같은 경험을 가져다줄 수 있기 때문입니다. 자연을 보면 육아 스트레스도 많은 부분 해소되고 아이들에게 좋은 추억을 남겨 줄 수 있으니 육아 방법으로 적절히 활용하면 좋을 것입니다. 여행이 힘들다면 아이들과 함께 당일로 나들이할 만한 곳을 찾아다니는 것도 좋은 방법이고요. 야외로 나가 자연을 마주하면 생각지 않게 큰 행복감에 젖을 때가 한두 번이 아닙니다.

남편과 공통의 관심사가 무엇인지 곰곰이 생각해 보세요. 물론 아이들도 함께할 수 있는 것이라면 더 좋겠지요. 운동, 독서 토론, 음악 감상, 그림 그리기 등 어느 한가지는 맞는 게 있겠지요? 그걸 하나의 가족문화로 자리 잡게 한다면 남편을 육아의 방관자 혹은 방해자가 아닌 동지, 협력자로 멋지게 변화시킬 수 있을 것입니다.

공공 교육 사업을 활용하라

각 지역마다 평생교육 사업이 진행되고 건강가정지원센터라 해서 말 그대로 건강한 가족을 위한 여러 가지 프로그램을 지원하는 기관이 있습니다. 우연히 이 기관을 알게 된 저는 혹시 부부 교육이 가능한지 문의했습니다. 아빠들의 참여도가 높으면 교육이 가능하다는 답변을 듣고 수업에 동참할 이웃들을 모아 신청했습니다. 이런 형태의 수업은 지역의 건강가정지원센터나 구청에서 지역 주민을 위해 마련하고 있습니다.

저는 이때 애니어그램 성격유형 검사를 해보고 결과 분석도 받아 보았습니다. 부부가 같이 하는 검사여서 서로를 이해하고 건강한 부부애를 발전시키는 좋은 시간이 되었습니다. MBTI나 애니어그램 같은 성격유형 검사는 나를 알고 상대방을 아는 데 유용한 도구이니 시간을 내어 남편과 함께 해보는 것도 좋습니다. 상대방이 나와 다를 수 있고, 상대방의 기질을 이해하고 존중하는 것이 부부 관계에 있어서 얼마나 중요한지 검사를 통해 알게 되었습니다. 그러니 시간을 내 남편과 성격유형 검사를 해 보시라고 권하고 싶네요.

참고로 MBTI는 외면적인 것을 다루는 검사여서 할 때마다 결과가 변할 수 있고 애니어그램은 내면적, 기질적인 것을 다루고 있어 결과가 거의 바뀌지 않는다고 합니다. 저는 MBTI 검사를 대학원 시절에 한 번, 직장에서 세 번을 해봤는데, 결과가 매번 변했습니다. 직장에서의 MBTI 검사 때 제 검사지를 남편에게 주고 해보게 했더니 저와 같은 유형이 나왔고, 애니어그램 검사를 했을 땐 다른 유형이 나왔어요. 그러니 두 개의 검사를 다 받아 보시면 좋겠네요. 검사 결과를 받아 보면 점괘를 보는 것 같이 재미도 있습니다. 누군가 내가 모르는 나를 설명해 주고 알려 준다는 재미도 있지만 또 한편으로는 내 남자의 심리를 알게 되는 것도 즐거운 일입니다.

이렇게 받게 된 부부 교육은 3차에 걸친 수업이었는데요, 남편은 정말 이 수업으로 인해 많이 변했답니다. 똑같은 말이라도 아내가 백 번 하는 것보다 전문가가 한 번 하는 게 더 쓸모 있다는 걸 깨닫게 하는 순간이었습니다. 아무리 좋은 말이라도 내 가슴에 와 닿아야 하는데, 아내의 말은 잔소리처럼 들리기 때문에 좀처럼 받아들이기 쉽지 않지요. 그런데 전문가가 하는 말은 차원이 다릅니다. 변하지 않을 것 같던 사람도 전문가의 교육을 받으면 하루아침에 다른 사람으로 변할 수 있는 것이지요. 거기에 학습 능력이 있는 남편이라면 변화가 더 빠르고 쉽습니다. 채트리오 아빠가 육아에 많이 동참하게 된 분기점은 이 교육이 아닌가 싶습니다.

저희는 그룹 수업을 했는데요, 채트리오 아빠는 여기서도 많은 도움을 받았습니다. 이웃 아빠들과의 만남 덕이었지요. 이웃의 아빠가 얼마나 가정에 충실한지, 아내와 아이들에게 잘하는지 아내가 백 번 말해

봤자 역시나 잔소리입니다. 하지만 백문이 불여일견이라고 양육 태도가 좋은 아빠들을 만나고 이야기할 기회가 생기면 좋은 남편, 좋은 아빠로 변화하는 데 한 걸음 더 빨리 다가서게 됩니다.

마지막 수업을 받고 집으로 돌아오는 차 안에서 채트리오 아빠는 '우리 아버지도 이런 수업을 들었으면 참 좋을 텐데…' 하는 아쉬움을 토로하더라고요. 수업이 본인에게 얼마나 이롭게 작용했는지 그리고 그 안에서 얼마나 많은 부분 공감하고 배웠는지 알 수 있는 말이었습니다.

기질 검사를 해보자

전문적인 검사 말고도 부부가 손쉽게 할 수 있는 검사가 있어 소개합니다. 히포크라테스는 사람의 체액에 따라 기질을 다혈질, 담습질, 우울질, 점액질로 분석했어요. 이 분석은 기본 분석이기 때문에 하나의 기질 유형만 가진 사람은 없다고 합니다. 각자에게 보다 우월한 기질이 있는데 이 기질이 가장 강력한 영향을 행사해 특유한 행동과 반응을 일으키는 중요한 원인이 됩니다. 간단하게 해볼 수 있는 거니까 남편과 시간을 내어 한 번 해보세요. 중복 체크하셔도 됩니다. 내가 가지고 있는 것이라고 생각하는 항목에 표시하세요.

강점				
1	생동감 있는	모험적인	분석적인	융통성 있는
2	쾌활한	설득력 있는	끈기 있는	평온한
3	사교적인	의지가 강한	희생적인	순응하는
4	매력있는	경쟁심이 강한	상대를 배려하는	감정을 다스리는
5	활기를 주는	신속히 대처하는	상대를 존중하는	표현을 자제하는
6	생기발랄한	독자적인	민감한	수용하는
7	함께 권장하는	긍정적인	계획하는	참을성 있는
8	충동적인	확신있는	계획에 따라하는	과묵한
9	낙천적인	솔직한	체계적인	포용력 있는
10	재담이 있는	주관이 뚜렷한	꾸준하고 성실한	상대를 따르는
11	즐거운	겁 없는	섬세한	외교적인
12	명랑한	자신감 있는	문화예술적인	정서적으로 안정된
13	즐거움을 주는	독립적인	이상을 추구하는	거슬리지 않는
14	감정을 표현하는	결단력 있는	몰두하는	순간 위트 있는
15	쉽게 어울리는	행동가적인	음악을 좋아하는	중재하는
16	말하기 좋아하는	목표지향적인	사려 깊은	관대한
17	열정적인	책임을 지는	신의 있는	경청하는
18	무대 체질인	지도력 있는	조직적인	현실에 만족하는
19	인기 있는	뭔가를 성취하는	완벽을 추구하는	편안한
20	활기 있는	담대한	예의 바른	치우치지 않는
합계				
	다혈질	담즙질	우울질	점액질

약점				
1	허세를 부리는	남을 압도하려는	숫기 없는	무표정한
2	규율이 없는	동정심이 없는	뒤끝 있는	열정이 없는
3	한 말 또 하는	대항하는	상처가 오래가는	상관하지 않는
4	건망증이 있는	노골적인	까다로운	두려워하는
5	중간에 끼어드는	마음이 조급한	자신감 없는	결단력 없는
6	예측할 수 없는	애정 표현 없는	재미없는	관계하지 않는
7	되는대로 하는	완고한	불만스러운	망설이는
8	인기에 민감한	항상 내가 옳은	미리 걱정하는	감정이 밋밋한
9	쉽게 흥분하는	논쟁을 좋아하는	소외감을 느끼는	목표가 없는
10	깊이가 없는	자만하는	부정적인	안일한
11	칭찬을 바라는	일만 하는	혼자 있으려는	염려하는
12	말이 많은	무례한	과민한	소심한
13	무질서한	남을 지배하려는	기분이 저조한	확신 없는
14	일관성 없는	관대하지 못한	내성적인	무관심한
15	어지르는	남을 조종하는	쉽게 우울해지는	불분명하게 말하는
16	과시하는	고집센	회의적인	느린
17	시끄러운	주장하는	사람을 가리는	게으른
18	산만한	성미가 급한	의심 많은	나태한
19	쉽게 싫증내는	행동이 성급한	마음을 닫는	마지못해 하는
20	변덕스러운	약삭빠른	비판적인	타협하는
합계				
	다혈질	담즙질	우울질	점액질

강점과 약점의 개수를 합했을 때 가장 많은 수가 나오는 것이 나의 기질입니다. 이제 각 기질의 특성을 알아보겠습니다.

다혈질 ❀

다혈질은 명랑하고 따뜻하고 활기차고 열정적인 기질의 성격입니다. 외부의 자극에 쉽사리 마음이 바뀌며 감수성이 예민하기 때문에 민감하게 반응합니다. 성질이 급해 시시비비를 가리기 좋아하고 화를 잘 내지만 뒤끝은 없지요. 말이 많고 재미있기 때문에 주변 사람들이 그 이야기를 즐겁게 듣습니다. 그래서 폭 넓은 친구 관계를 맺습니다. 하지만 준비성이 없고 충동적이고 동요를 잘한다는 단점이 있지요. 끝까지 일을 못해 시간을 낭비하기도 하고 자제력이 없기 때문에 충동구매를 하기 쉽습니다. 다혈질임을 알 수 있는 가장 큰 특징이 문을 열고 들어오면서 말을 시작하면 다혈질일 가능성이 높다고 합니다. 그만큼 말하는 것을 좋아하며 사교적이기 때문입니다. 그래서 연예인이나 설교자, 강사 중 다혈질인 사람이 많습니다.

담습질 ❀

담습질은 말보다 행동이 빠르며 활동적이고 실용적인 기질의 성격입니다. 한 번 일을 시작하면 무슨 일이 있어도 줄기차게 목표를 향해 중단 없는 전진을 하기 때문에 일의 불도저처럼 보입니다. 직관에 의한 판단이 빠르고 '하면 된다'는 생각으로 일하기에 생산적이기도 합니다. 모든 일에 자기 주장이 분명하며 자기 주장과 맞지 않는 것에 대해 논쟁을 주저하지 않습니다.

담습질은 힘든 역경에 주눅 들지 않고 그 일이 자극이 되어 극복하는 상황을 만듭니다. 어떤 어려움도 딛고 일어설 수 있습니다. 그래서 회사에서 쫓겨난 다음에 오히려 성공하는 경우가 많다고 하네요. 그만큼 자존심이 강하다고도 볼 수 있겠지요. 우스갯소리로 담습질의 사람이 물에 빠져 구해 달라고 했을 때 그냥 모른척하고 돌아서면 어떻게 해서든지 살아서 나온다고 합니다. 그리고 다른 사람이 실패한 부분이라 할지라도 담습질은 포기하지 않고 끈질긴 의지로 밀어붙이기 때문에 성공할 수 있다고 합니다. 친구 관계는 끊고 맺는 단호한 기질로 인해 친한 관계와 친하지 않은 관계가 바로 구분됩니다. 그래서 인기가 없기도 한데, 겸손과 공감을 배우면 그 단점을 보완할 수 있겠지요. 담습질은 타고난 영업능력이 있어 영업직에 어울립니다. 엄마들의 경우 집에 있으면서도 돈을 잘 버는 능력을 보이기도 합니다. 이공계 교사나 정치가가 많다고 합니다.

우울질 ✿

우울질은 감정적으로 예민한 기질이며 창의적 사고와 상상력이 풍부한 편으로 혼자 있기를 즐기는 성격입니다. 다른 기질보다 천재가 많은 편이며 예술적인 부분에서 끼를 발휘할 수 있는 기질입니다. 모든 일에 분석적, 논리적이고 때로는 자신을 희생할 줄 아는 완벽을 꾀하는 완벽주의자이기도 합니다. 우울질의 의사들은 수술 후 봉합할 때도 꼼꼼하게 잘 마무리하는데 비해 다혈질 의사들은 삐뚤빼뚤하게 봉합한다는 말도 기질의 특성을 잘 설명해 주는 이야기입니다. 우울증은 비밀이 많고 비판적이기 쉬운 기질입니다.

그래서 삶의 여유를 갖고 실수도 좀 하며 살아가는 것이 우울증 기질의 약점을 보완할 수 있는 일이 됩니다. 우울질은 세계의 위대한 미술가나 작곡가, 음악가, 발명가, 철학자, 신학자, 과학자, 헌신적인 교육자 등이 많습니다.

점액질 ❀

점액질은 과거지향적이기 때문에 과거에 매달리는 성향이 강합니다. 좋은 게 좋다는 태도를 취하기 때문에 이해심과 양보심이 많고 예의가 바른 특징을 지니고 있습니다. 하지만 우유부단하고 게으르고 행동이 느리다는 단점이 있지요. 조용한 듯 하지만 말을 잘하고 많이 하는 편입니다. 움직이길 싫어해 소파에 누워 TV 보는 것을 좋아합니다. 점액질은 비타민을 복용하고 움직이는 것이 기질을 보완하는 일이 되겠지요. 도서관 사서나 교사, 공무원의 일이 적합하다고 하네요.

다혈질과 담습질이 외향적이라고 하면 우울질과 점액질은 내향적이고, 다혈질↔우울질, 담습질↔점액질이 각각 대비되는 특성을 가진 기질이라고 합니다.

다음은 기질 궁합입니다. 기질은 쉽게 변하지 않는 것이므로 있는 그대로 수용하는 것이 좋습니다. 서로 상대방의 기질을 이해하고 조화를 이룰 수 있는 길을 찾는 것이 중요합니다. 잠재적 위험 요소를 피하고 서로의 기질의 특성을 파악하는 지혜가 필요하겠지요.

女	男	기질 궁합
다혈질	다혈질	세기의 결혼. 서로 부각을 나타내기를 좋아하기 때문에 같은 분야에서 일하게 되면 고난에 처하고 경제 위기에 놓이게 되기 쉽습니다.
	우울질	흔한 케이스의 부부입니다. 서로 반대되는 성향에게 이끌리는 본능 때문에 그렇습니다. 우울질 남편은 과장하는 다혈질 아내를 못 참아 냅니다. 이런 경우 남편에게 주도권을 넘겨주고 개인적 공간을 주면 관계 회복에 도움이 됩니다.
	담습질	이상적인 부부입니다. 아내는 사교적이고 남편은 사업가 기질을 갖고 있어서 궁합이 잘 맞습니다. 다만 아내가 이용당한다는 느낌을 가질 수 있다고 하네요.
	점액질	아내는 유능한데 남편은 무능해 보일 수 있습니다. 그러면 남편이 위축될 가능성이 높고 집안 분위기 자체가 불균형해집니다. 남편보다 앞선 삶을 살지 않도록 하는 것이 좋다고 하네요.

女	男	기질 궁합
담습질	다혈질	남편을 무시하고 잔소리하게 됩니다. 아내 입장에서 남편을 보면 한심하게 느껴지고 그로 인해 남편의 성장을 막을 수도 있습니다. 하지만 다혈질 남편은 밖에서 인기가 많으니 이런 상황 속에서 바람을 피울 가능성이 높아지겠지요. 남편의 이야기를 귀 기울여 듣는 노력이 필요합니다.
	우울질	아내는 열정적인데 남편은 차가울 정도로 냉철합니다. 경쟁자 입장에 놓일 수 있습니다. 하지만 똑똑한 여자, 능력 있는 남자의 관계로 서로의 장점을 살려 나간다면 협력자의 길을 나아갈 수 있습니다.
	담습질	좋은 궁합입니다. 목적을 이루기 위해서는 뭐든 하는 부부가 됩니다. 그러니 공동의 목적을 가지고 있으면 발전할 수 있는 조합입니다. 부부사기단도 이 조합에서 나올 수 있다고 하네요.
	점액질	추진력 있는 아내와 우유부단한 남편은 서로 부딪히기 쉽습니다. 아내는 잔소리를 하게 되고 남편은 간섭받는 것을 싫어하지만 또 나서서 할 수 있는 일도 없죠. 남편 앞에 겸손할 줄 알고 공감하는 노력이 필요합니다.
점액질	다혈질	이 조합은 이루어질 가능성이 큽니다. 여성이 모성본능을 발휘하기 때문입니다. 기질적으로 남편이 아내를 잘 이끌 수 있습니다.
	우울질	뭐든지 정확하게 하려는 남편과 대충하려는 아내를 볼 때 이해가 안 가기 때문에 남편 쪽에서 잔소리를 하게 됩니다.
	담습질	점액질의 아내는 담습질의 남편이 목표를 향해 나아갈 수 있도록 도움을 줄 수 있습니다.
	점액질	점액질 부부가 있으면 서로 밤새 당한 이야기를 하며 시간을 보낼 수 있다고 합니다. 서로 관계에 매달리는 성향이 강합니다.

女	男	기질 궁합
우울질	다혈질	아내는 남편의 허풍을 참지 못해 남편을 고치려고 합니다. 남편을 받아들이는 게 힘이 들고 자칫 의부증에 걸릴 수도 있습니다. 남편을 받아 주는 노력이 필요합니다.
	우울질	문제가 있는 것을 아무도 모를 수 있는 부부입니다. 서로 문제점을 표현하고 대화로 풀어 나가는 것이 필요합니다. 우스갯소리지만 첩보원 부부처럼 비밀스럽고 위험한 일을 같이 하면 좋다고 하네요.
	담습질	충돌하기 쉬운 부부입니다. 아내는 분석적인데 남편은 어떤 직감에 의해 저돌적으로 행동하는 경우가 많아서 그렇습니다. 하지만 남편이 일을 추진하고 아내가 꼼꼼하게 내부의 것들을 점검하도록 서로 분업하면 조율을 잘 이룰 수 있습니다.
	점액질	점액질의 남편은 우울질의 아내가 시키는 대로 착하게 일을 다 하고 또 잔소리를 하면 주눅이 듭니다. 그렇지만 표현 안 한다고 상처를 안 받는 것이 아니니 아내는 우울질 특유의 완벽함을 버릴 필요가 있습니다.

간단한 검사지만 서로를 이해하는 데 도움이 될 수 있습니다. 우리가 살아가는 데 중요한 것 중 하나가 '나의 존재함'을 깨닫는 일입니다. 즉, 내 안에 있는 것들에 대한 관심과 애정을 쏟아붓는 것이 중요하지요. 누가 나를 뭐라고 하든지 신경 쓰지 않고 내면의 소리에 귀를 기울이고 진정한 나다움을 받아들일 때 마음이 편해지는 것을 느낄 수 있습니다. 나의 기질을 되돌아보는 과정을 통해 나의 생각, 어떤 상황

이나 일에 대한 반응을 이해하고, 또 남편의 기질을 분석하는 과정에서 남편의 생각이나 반응을 이해하는 시간을 가질 수 있기를 바랍니다.

의사소통 방식을 점검해 보자

버지니아 사티어는 가족 치료와 의사소통의 세계적 권위자로 알려져 있지요. 가족 치료의 어머니라고도 불리는 버지니아 사티어가 이야기하는 의사소통 방식은 사람들 간의 생각이나 감정 등을 교환하는 총체적인 행위보다는 내가 살기 위해 어쩔 수 없이 택하는 생존 방식에 가깝습니다. 인간은 성장하고자 하는 열망과 자기가 자기됨을 표현하고자 하는 열망을 지니고 태어난다고 합니다. 그러나 환경의 제한을 받게 되면 이러한 열망 대신 그 환경에서 살아남아야 하기 때문에 건강하지 못한 생존 방식, 즉 대처 방식을 형성하게 되는 것이지요. 이러한 생존 방식들은 사람들로 하여금 오직 생존하기에만 급급하게 만듭니다. 인간관계에서 상호간의 사랑과 신뢰에 의심이 생긴다면 자동적으로 나오게 되는 생존 반응을 말하는 것이지요. 그러니 주된 의사소통 방식은 생존과 관련된 자기 존재 가치에 위협을 받게 되면 즉각적으로 방어적인 반응을 하게 되어 있습니다. 쉽게 말해 사람들 사이에 갈등 관계가 형성되었을 때 나타나는 나의 대화 방식을 살펴본다고 생각하시면 됩니다.

의사소통 방식은 내가 주로 사용하고 있는 '말'의 방식에 관한 건데요. 이것을 깊게 돌이켜 보면 나의 삶의 많은 부분을 쥐고 있기도 합니다. 특히 사람과 사람 사이에 오가는 생각과 말의 표현이기 때문에 대인 관계에 많은 영향을 줍니다. 그러하기에 의사소통 방식을 객관화하는 것은 매우 중요하겠지요. 사실 의사소통의 시작은 '내가 나 자신을 어떻게 생각하느냐'에서 비롯된다고 합니다.

우리가 대인 관계를 하는데 가장 중요한 기술은 무엇일까요? 상대방을 사랑하는 마음이 기본이 되어야 하겠지요. 일단 사랑하는 마음이 있다면 상대방의 대부분의 행동은 이해 가능한 일이며 용서 가능한 일이 되니까요. 그 다음은 '대화의 기술'입니다. 사랑하는 마음을 발생시키는 일은 어떻게 보면 그리 어렵지 않습니다. 자식을 사랑하는 마음은 엄마라면 누구나 있는 것입니다. 이 마음은 엄마라면 누구나 쉽게 발생시킬 수 있습니다. 하지만 대화의 기술은 그렇지 않습니다. 말 그대로 기술이니 배우고 체계화해야 사용할 수 있게 됩니다. '대화'를 학술 용어로 의사소통 방식, 대처 방식, 생존 방식으로 바꿀 수 있습니다.

가족 상담 이론가 버지니아 사티어는 의사소통 유형을 다음과 같이 나눴습니다.

의사소통 유형 ❀

1. 비난형 : 스트레스 상황이 발생하면 상대방을 비난함으로써 이를 해결하고자 하는 유형입니다.

2. 회유형(자책형) : '내 탓이오' 유형. 일이 발생하면 무조건 상대방 입장에서 상대를 배려합니다. 하지만 이러한 행동들로 인해 큰 스트레스를 받게 되죠.

3. 초이성형 : 나와 상대의 감정은 중요하지 않고 상황만을 객관적으로 판단하고자 합니다. 전문가의 권위에 많은 부분 의존하게 됩니다.

4. 산만형 : 자신과 타인 상황을 모두 무시하는 유형입니다. 스트레스 상황을 유머로 회피하고자 하며, 그게 잘 안 될 경우 그 상황으로부터 탈피하고자 합니다.

5. 일치형 : 의사소통 유형 중 유일하게 바람직한 유형으로 나와 상대 상황을 모두 고려하며, 자신의 감정을 적절하게 잘 표현해 냅니다. 생각과 행동이 일치합니다.

는 태도가 다르긴 합니다만, (비난형인 사람들도 회사 상사에게는 보편적으로 회유형이 되기 쉽겠지요?) 보편적인 경우에 자신이 주로 사용하는 의사소통 방식이 있습니다.

나도 모르게 굳어진 나의 의사소통 방식은 부모의 의사소통 방식이 그대로 학습된 것이기도 하지만 부모님의 관계를 보고 내가 취하는 태도에 따라 다르게 나타나기도 합니다.

다음은 버지니아 사티어의 의사소통 유형 검사지입니다. 대상마다 다를 수 있는데 대체적인 상황을 떠올리며 답해 보세요. 남편과 같이 해 보시면 더욱 좋습니다.

사티어 의사소통 유형 검사지 ✿

* 다음을 읽고 자신에게 해당하는 문항의 괄호 안에 0표를 하시오.

1. 나는 상대방이 불편하게 보이면 비위를 맞추려고 한다( )
2. 나는 무슨 일이 잘못되었을 때 자주 상대방 탓으로 돌린다( )
3. 나는 무슨 일이든 조목조목 따지는 편이다( )
4. 나는 생각이 자주 바뀌고 동시에 여러 가지 행동을 하는 편이다( )
5. 나는 타인의 평가에 구애받지 않고 내 의견을 말한다( )

1. 나는 관계나 일이 잘못되었을 때 자주 내 탓으로 돌린다(　　)
2. 나는 다른 사람들의 의견을 무시하고 내 의견을 주장하는 편이다 (　　)
3. 나는 이성적이고 차분하며 냉정하게 생각한다(　　)
4. 나는 다른 사람들로부터 정신이 없거나 산만하다는 소리를 듣는다(　　)
5. 나는 부정적인 감정도 솔직하게 표현한다(　　)

---

1. 나는 지나치게 남을 의식해서 나의 생각이나 감정을 표현하는 것을 두려워한다(　　)
2. 나는 내 의견이 받아들여지지 않으면 화가 나서 언성을 높인다(　　)
3. 나는 나의 견해를 분명하게 표현하기 위해 객관적인 자료를 자주 인용한다 (　　)
4. 나는 상황에 적절하지 못한 말이나 행동을 자주 하고 딴전을 피우는 편이다 (　　)
5. 나는 다른 사람이 내게 부탁을 할 때 내가 원하지 않으면 거절한다(　　)

---

1. 나는 사람들의 얼굴 표정, 감정, 말투에 신경을 많이 쓴다(　　)
2. 나는 타인의 결점이나 잘못을 잘 찾아내어 비판한다(　　)
3. 나는 실수를 하지 않으려고 애를 쓰는 편이다(　　)
4. 나는 곤란하거나 난처할 때는 농담이나 유머로 그 상황을 바꾸려 하는 편이 (　　)
5. 나는 나 자신에 대해 편안하게 느낀다(　　)

1. 나는 타인을 배려하고 잘 돌보아 주는 편이다(   )
2. 나는 명령적이고 지시적인 말투를 자주 사용하기 때문에 상대가 공격받았다는 느낌을 받을 때가 있다(   )
3. 나는 불편한 상황을 그대로 넘기지 못하고 시시비비를 따지는 편이다 (   )
4. 나는 불편한 상황에서는 안절부절못하거나 가만히 있지 못한다(   )
5. 나는 모험하는 것을 두려워하지 않는다(   )

---

1. 나는 다른 사람들이 나를 싫어할까 두려워서 위축되거나 불안을 느낄 때가 많다.(   )
2. 나는 사소한 일에도 잘 흥분하거나 화를 낸다(   )
3. 나는 현명하고 침착하지만 냉정하다는 말을 자주 듣는다(   )
4. 나는 한 주제에 집중하기보다는 화제를 자주 바꾼다(   )
5. 나는 다양한 경험에 개방적이다(   )

---

1. 나는 타인의 요청을 거절하지 못하는 편이다(   )
2. 나는 자주 근육이 긴장되고 목이 뻣뻣하며 혈압이 오르는 것을 느끼곤 한다 (   )
3. 나는 나의 감정을 표현하는 것이 힘들고 혼자인 느낌이 들 때가 많다(   )
4. 나는 분위기가 침체되거나 지루해지면 분위기를 바꾸려 한다(   )
5. 나는 나만의 독특한 개성을 존중한다(   )

1. 나는 나 자신이 가치가 없는 것 같아 우울하게 느껴질 때가 많다(　　)

2. 나는 타인으로부터 비판적이거나 융통성이 없다는 말을 자주 듣기도 한다(　　)

3. 나는 목소리가 단조롭고 무표정하며 경직된 자세를 취하는 편이다(　　)

4. 나는 불안하면 호흡이 고르지 못하고 머리가 어지러운 경험을 하기도 한다(　　)

5. 나는 누가 나의 의견에 반대해도 감정이 상하지 않는다(　　)

〈사티어 의사소통 유형 분석지〉

체크한 항목의 번호의 개수를 기입합니다. 가장 많이 나온 번호의 유형이 나의 유형입니다.

	1번	2번	3번	4번	5번
합계					

1: 회유형　2: 비난형　3: 초이성형　4: 산만형　5: 일치형

유형을 이해하기 위해 전통적인 가정 구조를 예로 들어보겠습니다. 아빠는 권위적인 비난형으로, 엄마는 순종적인 회유형이라 설정하고 내가 이 가정의 자녀라고 가정해 봅시다. 아빠는 엄마에게 팔을 뻗어 손가락질을 하고 있고, 엄마는 그 앞에 무릎 꿇고 있는 모습을 떠올립니다. 그리고 자신이 어떤 위치에서 어떤 행동을 할지 생각해 봅시다. 그리고 다음 중 나에게 가장 익숙한 태도를 고르면 나의 유형을 더 잘 이해할 수 있습니다.

엄마 옆에서 아빠를 비난하는 행동이 익숙하게 느껴진다면 비난형이 됩니다. 엄마 옆에서 무릎을 꿇고 아빠에게 순종적인 태도가 편하게 느껴지면 회유형이 됩니다. 아니면 이 상황이 싫어 외면하고 있으면 산만형이 됩니다. 엄마 아빠의 잘잘못을 객관적으로 가려내고 있으면 초이성형이 되는 것입니다. 이 유형들은 자신, 타인, 상황을 어떻게 대하느냐에 따라 나눠집니다. 자신, 타인, 상황 중 어느 한 면이라도 온전하지 못하면 의사소통에 역기능이 일어납니다.

저도 이런 가부장적 분위기에서 자랐는데요. 저는 모든 일에 무조건 엄마 편을 들었습니다. 그래서 하루는 아빠께서 거의 밤을 새우다시피 하며 제가 상황 파악도 하지 않은 채 무조건 엄마 편만 드는 것이 섭섭하다고 말씀하실 정도였지요. 그러니 제 유형을 짐작하실 수 있으시겠죠? 바로 비난형입니다.

비난형은 자신이 힘 있고 강한 사람이라는 것을 나타내려고 노력합니다. 따라서 타인을 무시하고 타인의 말이나 행동을 비난하게 되는 것이지요. 한 마디로 남의 탓을 하는 것입니다. 그렇지만 이것은 곧 인생의 주체가 되지 못했음을 드러내는 것이나 마찬가지입니다. 돌부리에 걸려 넘어져도 돌 탓, 지나가다 책상에 부딪혀도 책상 탓을 하는 사람이 이 유형에 속합니다. 아이가 길을 가다 넘어졌을 때 "누가 그랬어? 돌이 그런 거야? 땟찌!"하며 길가의 돌에 화풀이를 시키는 행동은 비난형의 태도를 길러 줄 수 있겠지요. 그렇기 때문에 신중할 필요가 있습니다. 또 비난형의 특징은 타인을 통제하려 든다는 것입니다. 원래 부모가 자신에게 자존감이 없을 때 자녀를 통제하려 드는 경향이 있는데 이를 증명해 주듯 비난형은 겉으로는 공격적인 행동을 보이나 내면적으로는 자신이 소외되어 있으며 이해 받지 못하는 외로운 실패자라고 느낍니다. 다른 사람들이 자기를 가치 있게 생각하고 인정한다는 것을 행동으로 표현해 주기를 바라며 요구가 많고 화난 듯 행동하지요. 하지만 비난형의 장점으로 자기 주장이 뚜렷하고 에너지가 넘치며 지도력이 있다는 것도 있습니다. 이러한 특성 때문에 비난형의 여자들은 자기보다 잘난 남자를 만나려 하지 않고, 본인이 통제하기 쉬운 남자를 만나려 합니다. 그리고 아무리 좋은 남자를 만나도 좋은 점을 찾지 못하는 경우가 허다합니다.

비난형의 경우는 타인을 존중하는 마음을 길러야 합니다. 타인에 대한 기대로 인해 문제가 발생하기 때문입니다. 타인에게 갖는 나의 기대를 일차적으로 탐색해 보고 비난의 화살을 내려놓는 노력이 필요합니다. 다른 사람의 생각을 자신이 조종할 수 없다는 것을 인식하고 내가 아무리 노력해도 상대방은 자기가 생각하고 싶은 대로 생각한다는 것을 자각할 필요가 있습니다.

회유형은 자책형이라고도 합니다. 모든 일에 자신의 탓을 하지요. 자신의 내적 감정이나 생각을 무시하고 타인의 비위에 자신을 맞추려는 성향이 강합니다. 화를 누르고 억압하면서까지 자신을 굴복시킵니다. 그래서 피해자나 희생자인 경우가 많습니다. 회유형은 사죄와 변명을 하고 지나치게 착하게 행동합니다. 하지만 회유형의 사람들은 아이들을 돌보거나 양육하는 데에 탁월한 능력을 가지고 있습니다. 앞서 소개한 엘리스의 비합리적 신념 중 '주위의 모든 사람들로부터 항상 사랑과 인정을 받아야만 한다'는 것에 사로잡혀 자신의 감정을 억압합니다. 타인의 사랑과 인정을 받고 타인에게 수용되기 위해서 자신을 낮추고 상대방을 만족시키려는 행동을 합니다. 감정적으로 매우 여리고 인정이 많은 유형이라고도 할 수 있지요. 갈등을 회피하기 위해 타인으로 받은 상처와 분노를 감춥니다. 그러나 이러한 행동은 자존감을 낮추는 일이 됩니다. 저희 엄마가 이 유형인데요, 양육자로서는 좋은 유형이죠. 아이들에게 화 한 번 안내니 말이에요. 그런데 본인은 못 느끼지만 삶의 스트레스가 이만저만이 아닙니다. 원래 우리 문화에서도 여성에게 이 유형을 강조해 왔죠. 여자가 시집가면 귀머거리 3년, 장님 3년, 벙어리 3년이라고 들어도 못 들은 척, 봐도 못 본 척, 할 말이 있어도 꾹 참고 살라 했습니다. 그래서 여자들이 한을 품은 채 죽고, 죽어서도 흰 소복을 입고 머리를 풀어헤치고 입가엔 피를 흘리며 무서운 귀신이 되어 나타납니다. 사실 고려 시대나 조선 초까지의 문학작품에서 여자 귀신의 모습은 아름답게 묘사되기도 해요. 김시습의《금오신화》에 나오는 귀신들의 모습은 사람과 같거나 더 아름다운 모습이기도 하고요. 그런데 조선 시대 유교 사상을 받아들인 이후부터 문학 속 귀신의 모습이 무섭게 그려지고 있죠. 남존여비 문화의 한 단면이라고도 할 수 있습니다.

회유형의 경우는 타인의 말과 행동을 해석하려 시간을 쓰지 말고 내면의 소리에 귀 기울일 필요가 있습니다. 자기를 일으켜 세우는데 주력하며 자기 가치와 인간의 평등을 첨가하여 사고할 필요가 있습니다.

산만형은 자신은 물론 타인과 상황을 모두 무시하여 접촉하기 가장 어려운 유형입니다. 위협을 무시하고 위협이 존재하지 않는 것 같이 행동하므로 주의를 혼란시킬 수 있습니다. 말이 되지 않는 이야기를 하며 정서적으로 매우 혼란스럽고도 산만한 행동을 보입니다. 하지만 내면적으로 아무도 나를 걱정해 주지 않으며 나를 받아들일 곳이 없다고 생각합니다. 이속에서 고독감과 자신의 무가치함을 느낄 수 있습니다. 스트레스 상황에서 내적인 고통을 두려워하며 외적으로는 다른 사람들과 연결되는 것을 어려워하고 자신의 내면에서 일어나는 역동적인 움직임과 외부의 연결을 피하고자 합니다. 그러나 산만형은 유머, 융통성, 창조성, 자발성과 같은 자원을 가지고 있습니다. 갈등 상황을 견디지 못해 어떻게 해서든 이 상황을 다른 방향으로 돌리려 노력하기 때문입니다. 어떨 때는 마치 광대같이 행동하기도 하지요. 물론 상황을 회피하고자 하기 때문에 잠도 많습니다. 이 유형은 제 남편 유형인데요. 갈등 상황이 오면 개입하지 않고 피하려 드는 경향이 있죠. 제가 한때 시댁 일로 힘들어 할 때 남편이 비법이라며 전수해 준 방법엔 산만형의 특징이 고스란히 담겨 있었어요. "이건 정말 안 가르쳐 주려고 했는데 특별히 가르쳐 주는 거야. 듣기 싫은 말을 접할 때면 한 귀로 듣고 한 귀로 흘려. 그리고 상대방이 말할 때 딴 생각해." 그런데 저는 상대방이 이야기하는 모든 것을 다 새겨들으려는 사람이라 그동안 그런 방법을 몰랐습니다. '가슴에 상처가 될 말은 흘려듣는 것.' 이것 아주 좋은 방법이더라고요. 내 안에 안 좋은 것들이 들어오지 않도록 나름 노력하는 것이니 말입니다.

산만형은 자기와 타인 상황을 모두 알아차리고 존중해 주는 노력이 필요합니다. 또한 상황 속에서 머물도록 노력하는 자세가 요구됩니다.

초이성형은 사람은 무시하고 상황만 중시합니다. 즉, 스트레스 상황이 오면 합리적인 수준을 고수하면서 자기와 타인의 감정을 무시하고 상황만 받아들이려 하지요. 규칙과 옳은 것만을 절대시하는 극단적 객관성을 보입니다. 매우 완고하고 냉담한 자세를 취하고 독재자처럼 행동합니다. 그렇기 때문에 겉으로 보기에 무감각하고 무심하게 행동하지만 내면적으로는 쉽게 감정에 휘말리고 불안해하며 두려워합니다. 아주 자세히 말하고 길게 설명하는 특징이 있고, 듣는 사람이 이해를 못하더라도 상관하지 않고 자신의 견해를 뒷받침하기 위해 조사자료를 인용하여 자신이 항상 옳다는 것을 증명하길 원합니다. 그러니 뭔가가 잘못되었다 싶으면 논리적으로 접하고자 합니다. 내면적으로는 쉽게 상처받고 소외감을 느낍니다. 그렇지만 이성적이고 문제 해결

능력이 뛰어나다는 장점이 있지요.

초이성형의 방식을 극복하기 위해서는 자기와 타인을 존중하고 수용하려는 노력이 필요합니다. 사람의 행동이나 말에 부정적으로 반응하는 심리를 자세히 살펴보면 내면의 불안정한 감정에 반응하고 있는 경우가 많은데, 이를 인지하고 사람에 대한 마음의 문을 열고 나의 감정을 잘 다스릴 수 있도록 해야 합니다.

불일치적 의사소통을 설명하기 위해 제시했던 상황을 떠올려 볼까요? 그림이 안 좋지요? 아빠는 엄마를 손가락질하고 엄마는 무릎을 꿇고 있는 장면을 보고 있노라면 마음이 참 불편합니다. 하지만 엄마가 일어나 아빠 손을 잡는 모습을 생각해 보면 어떻습니까? 마음이 편안해지고 보기에도 참 좋습니다. 우리 아이들도 똑같겠지요.

이런 상황 속에서 일치형이 나올 수 있는 것입니다. 일치형은 의사소통의 내용과 내면의 감정이 일치하는 것을 말합니다. 다른 사람이나 상황을 조종하거나 무시하거나 자신을 방어하는 목적이 있는 것이 아니라 진정으로 자기 자신이 되어 다른 사람과 관계를 갖는 것을 의미합니다. 일치형의 사람들은 높은 자존감을 가지고 있으며 심리적으로나 신체적으로 건강한 상태에 있습니다.

엄마 아빠가 사이가 안 좋은 환경에서 자라면 역기능적인 의사소통 방식을 가지게 됩니다. 즉, 엄마 아빠의 태도에 따라 아이의 의사소통 방식이 결정되고 그런 유형으로 평생을 살아가게 되는 것이지요. 그러니 아이를 위해서라도 좋은 부부 관계를 유지해야 합니다. 의사소통 유형 또한 자존감과 마찬가지로 대물림되는 속성이 있어요. 이런 것을 보면 긍정적인 것은 긍정적인 것을 끌어들이고 부정적인 것들은 부정적인 것을 끌어들인다는 게 꽤나 과학적 근거가 있는 것이지요. 불일치적 의사소통을 하면 자기 소외감을 느끼게 되고 이는 자기부정으로 이어집니다. 그래서 부모의 역할은 정말 중요하죠.

인간은 일치적 상호작용을 할 수 있을 때 관계적 존재로서 온전하게 살 수 있습니다. 언행이 일치하고 의도와 표현이 일치하는 의사소통을 하면 매 순간 내안에 흐르는 감정을 표현할 수 있게 됩니다. 이것이야말로 진정한 나 자신이 되고 나를 나답게 살아가게 하는 것입니다. 그러면서 성숙한 인간의 길로 걸어가게 되는 것이지요. 그러면 나의 생각과 행동이 일치되고 무의식 차원이 편안하게 됩니다. 그리고 내 안의 에너지가 잘 순환되기 때문에 마음으로부터 병이 치유될 수 있습니다.

의사소통 방식에서도 알 수 있듯 행복한 부부가 되는 것은 나와 남편의 일일뿐만 아니라 자식의 현재와 미래가 달린 일입니다. 아이는 부모의 부부 관계가 어떤지를 통해 생존을 위한 대처 방식을 세우기 때문입니다. 여기서부터 자기를 억압하느냐, 표현해 내느냐가 달라집니다.

스위스의 정신과 의사이자 분석심리학의 창시자 융은 일치성을 "내가 가야할 길을 끊임없이 묻고 그 답이 늘 분명하지 않음을 알지만 그 물음에 대한 답을 찾을 수 있을 것이라 믿는 것"이라고 해석했습니다. 부모됨은 이러한 것입니다. 매 순간 내가 어떤 방향으로 나아가야하는가를 진중하게 고민하면서 성숙한 인간이 되어야 하는 사람이 바로 부모입니다. 아이들을 위해 엄마로서 할 수 있는 일들을 생각하면 지금 보내고 있는 이 순간을 어떻게 써야 할지 답이 나올 때가 있습니다. 무엇이든 생각이 중요합니다. '할 만하다'고 생각하면 할 만하고, '힘들다'고 생각하면 힘듭니다. 뇌에서 인식한 명제를 놓고 그에 맞는 정보와 근거를 모으는 게 인간의 감정입니다.

자, 이제부터 내 아이를 사랑받는 아이로 키우기 위해서는 부부관계를 좋게 만들고 나의 의사소통 방식부터 일치형으로 바꾸는 노력이 필요하겠지요? 이래서 신은 엄마에게 아이를 주시나 봅니다. 더 많은 깨달음으로 인생을 살아가라고.

잊지 마세요.

육아를 하고 있는 여러분은 세상에서 가장 중요하고 보람된 일을

하고 있다는 것과 그로 인해 자신을 더 발전적으로 변화시킬 수 있다
는 것을요.

제 3장
아이 마음 키워주기

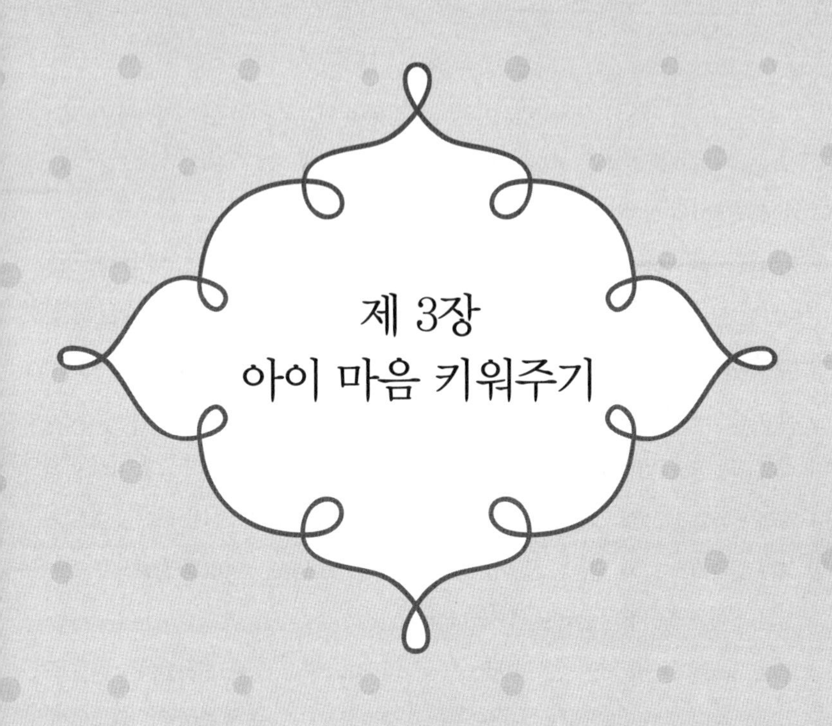

아이를 기르며 가장 신경 쓰는 부분은 바로 마음의 힘을 길러 주는 일입니다. 아이가 실패를 겪더라도 이를 이겨낼 수 있게 하고 살아가면서 필요한 지혜를 가르치는 것이 진정한 엄마의 역할이라고 생각하기 때문입니다.

저는 아이를 키우면서 제 마음의 힘이 크지 않음을 깨닫게 되었습니다. 공주처럼 자라 제대로 할 줄 아는 게 없는 엄마였기 때문입니다. 받기만 하면서 자랐는데 뭔가를 줘야 하는 위치가 되니 여간 힘든 일이 아니었답니다. 저는 제 아이들이 저처럼 자라지 않았으면 하는 바람이 있습니다. 사랑을 많이 받고 자랐다고 해서 저절로 남들을 사랑하게 되는 것은 아닙니다. 사랑할 줄 아는 마음이 있는 아이로 자라야 남을 사랑할 줄 알게 된다고 생각합니다. 마찬가지로 배려를 많이 받고 자랐다고 남을 배려할 줄 알게 되는 것은 아닙니다. 배려할 줄 아는 마음을 길러야만 남을 배려하게 됩니다. 그래서 마음의 힘을 길러주는 교육을 추구합니다.

《서른 살엔 미처 몰랐던 것들》에서는 "신은 인간이 가지고 있는 전지전능한 힘을 숨기려고 했다. 깊은 바다에 숨길까 높은 산에 숨길까 인간이 쉽게 찾아낼 것을 염려한 나머지 신은 결국 인간의 마음속에 그 힘을 숨겼다. '마음의 힘'은 위대하지만 그만큼 찾기가 힘들다"고 했습니다. 마음의 힘이 어떤 것인지 적절하게 표현되어 있죠. 마음의 힘은 이러한 속성이 있기에 어느 한순간 쉽게 생겨나는 것이 아닙니다. 우리의 전 생애에 걸쳐 노력해야 하는 것이지요. 이러한 마음의 힘을 길러주면 아이들의 인생에 큰 도움을 줄 수 있습니다.

작은 일에도 감사하기

요즘 아이들은 풍족한 환경에서 자랍니다. 집집마다 육아 용품은 물론 장난감이나 책이 넘쳐 납니다. 그런데 정작 아이들은 감사의 마음은 고사하고 당연한 것으로 여기며 오히려 자신이 가지고 싶은 것을 얻지 못할 때 짜증을 내기도 합니다. 그러면 또 부모들은 금방 장난감을 사 주게 됩니다. 하지만 이렇게 자란 아이들은 사회에 나가서도 자기만 떠받들어 달라 징징대게 됩니다. 사회에선 이런 투정을 받아 줄 사람이 없는데 말입니다. 주변 사람들을 피곤하게 하는 아이는 환대받을 수 없습니다. 세계적인 갑부 워렌 버핏이나 빌 게이츠는 자녀 용돈에 인색하기로 유명하죠. 그들은 누구보다 돈의 소중함을 잘 아는 사람들입니다. 그러니 돈을 쉽게 주는 것이 아이가 돈을 버는 방법을 배우지 못하게 막는 것이나 다름없음을 알고 있는 것이겠죠. 세상의 모든 것을 노력 없이 쉽게 가질 수 있다면 그만큼 아이는 세상이 쉽다는 착각 속에 살게 됩니다. 그렇기 때문에 그들은 물질적 풍요를 충분히 갖추고도 자녀가 결핍을 경험하도록 키우는 것이지요. 물론 아이에게 좋은 것을 주고 싶은 부모의 마음은 다 똑같습니다. 그런데 아이에게 물질적인 것들을 제공하는 것보다 더 중요한 것은 감사의 마음을 갖게 하는 것이라 생각합니다. 인간은 늘 배우고 깨닫고 감사하는 과정 속에 전인적으로 성장하게 되지요.

감사의 마음을 길러 주는 일은 거창한 것이 아닙니다. 작은 일에도 감사할 줄 아는 아이로 기르고 싶다면 그런 환경을 만들어 주면 됩니다. 저는 자기 전에 오늘 하루 감사했던 일에 대해 아이들과 이야기를 나눴습니다. 하루를 마무리하면서 "오늘 감사했던 일은 뭐였어?"라고 묻고 아이들이 하루를 되돌아보고는 대답하게끔 한 것이지요.

이렇게 매일 습관처럼 감사한 일 말하기를 하면 감사란 아주 커다란 일만이 아니라 일상의 소소한 것들에서도 충분히 할 수 있음을 깨닫게 됩니다. 채린이 채율이도 처음에는 감사한 일을 찾아내는 것 자체를 어려워했었는데, 지금은 제가 물어보기 전에 먼저 대답하곤 합니다. 예를 들면 "엄마가 오늘 맛있는 간식을 만들어 주셔서 참 감사했어요"라고 말이지요. 물론 저도 아이들에게 감사한 일을 이야기해 준답니다. "너희들이 책을 좋아해서 엄마는 참 감사해." 이런 식으로 이야기를 나누다 보면 그냥 지나치고 말 것들에 감사의 마음을 전할 수 있어서 뿌듯하더라고요. 감사한 일 뿐만이 아니라 여러 가지 이야기들이 술술 나오기도 합니다. 사과할 일이 있으면 사과하고, 유치원에서 속상했던 일을 얘기해 주기도 하고, 마음에 담아 두었던 이야기를 나눌 수 있어 참 좋은 시간입니다. 이런 작은 일상이 날마다 우리에게 일어나는 좋은 일을 확실히 알게 해 주고 감사하게 만든다는 것이 고마울 뿐입니다.

사실 이것은 아이들을 작은 일에도 감사하게 키우기 위해 한 일인데, 이것이 아이들은 물론 저에게 많은 변화를 일으켰답니다. 세상의 모든 것들이 감사하게 느껴지고 사소한 일에도 감동 받게 되더라고요. 그러다 보니 똑같은 상황에서도 예전과 달리 더 감동하고 좋아하게 되었답니다. 이래서 육아를 하면 엄마도 같이 성장한다고 하는 것입니다.

사람은 누구나 장단점이 있기 마련이라 감사한 일 말하기를 한 이후부터는 사람의 좋은 점을 더 크게 보는 눈이 생기더라고요. 모든 일에 긍정적이고 좋은 면을 보는 능력이 생겨난 것이지요.

아이들에게 마음의 힘을 가르치기 위해 말로 설명해 주는 것도 나쁘진 않지만 나름의 상황들을 만들어 주면 엄마가 굳이 설명을 안 해 줘도 아이들은 그 안에서 스스로 터득하고 깨닫게 됩니다. 감사의 마음을 깨닫고 표현해 나가는 일, 우리가 태어나면서 죽을 때까지 끊임없이 해 나가야 하는 중요한 일입니다. 사랑과 나눔의 의미를 알게 되는 일들은 우리 주변에 많습니다. 이것이 나와 동떨어진 일이 아니라 나와 내가 살고 있는 세계를 연결해 주는 일임을 알게 할 수 있습니다.

자신감 있는 아이 만들기

인지적으로 똑똑한 아이로 기르는 것보다 자아 존중감과 도덕성이 높은 아이로 기르는 것이 더 각광받는 시대입니다. 자아 존중감과 도덕성이 높은 아이들이 학업 성취도도 높고 대인관계도 원만합니다.

저는 조기교육에 관심이 많았고 재능 있는 아이, 앞서 가는 아이, 똑똑한 아이로 내 아이를 키우는 데 열중했었습니다. 그러나 지금은 우수한 아이로 성장해도 행복하지 않으면 소용이 없단 생각을 다시금 합니다. 우수한 아이로 기르는 것보다 행복한 아이로 기르는 것을 우선시하게 된 것이죠. 그러면서 관심을 갖게 된 것이 자존감입니다. 아이가 자기 자신의 고유한 가치에 확신이 있으면 타인의 영향을 크게 받지 않고 가치 있는 존재로 자랍니다. 그렇게 되면 자기 삶에서도 성실한 태도를 보이겠지요. 엄마가 잔소리를 하지 않더라도 자기 할 일을 알아서 옳은 방향으로 이끌고 나갈 것입니다. 그런 힘을 발휘하는 것이 바로 자존감입니다.

아이의 자존감을 높이기 위해 아이를 밝은 표정으로 대할 필요가 있다고 합니다. 엄마의 표정은 아이가 자아를 인식하는 거울과도 같기 때문입니다. 아이를 대하는 엄마의 표정이 밝으면 긍정적 자아상을 형성하고 그렇지 않으면 반대의 상황이 되는 것이죠. 아이의 높은 자아존중감을 만들기 위해 표정부터 더 밝고 환하게 바꿔야 합니다. 자아존중감이 높은 사람일수록 문제 해결력도 높고 갈등 상황을 유연하게 대처할 수 있습니다. 아이의 자아 존중감을 키워주기 위해 아이가 잘하는 것을 권장하는 것도 아주 중요한 일 중 하나입니다. 하지만 주의해야 할 점은 우리 아이에게 부족한 걸 찾아 채워 주려는 행위가 오히려 자존감을 낮추는 일이 될 수 있다는 것입니다. 예를 들면 소극적인 아이에게 웅변이나 태권도를 가르친다면 아이는 거기서 위축되고 열등감을 느낄 수가 있거든요. 따라서 신중할 필요가 있습니다.

제가 좋아하는 이야기가 있습니다. 한 스님이 지나다 어떤 집에서 아이를 호되게 야단치는 모습을 보고 말합니다. "내가 관상을 좀 볼 줄 아는데 이 아이는 커서 훌륭하게 될 아이니, 귀하게 키우시오." 그 아이는 정말 커서 훌륭한 사람이 되었고, 부모는 미래를 적중한 스님을 찾아가 감사의 마음을 전했습니다. 그리고는 "정말 명승이십니다. 그 옛날 우리 아이가 이렇게 훌륭하게 클 걸 어떻게 내다 보셨답니까?" 고 물으니, 스님이 말했습니다. "젊은 날 땡중이 뭘 알겠습니까? 아이를 하도 심하게 혼내시길래 그냥 지날 수 없어 한 마디 한 것뿐이었지요." 부모가 자식을 귀하게 여기고 키우면 그렇게 큰다는 내용의 이야기입니다.

아이들의 자존감을 높이기 위해서는 아이들의 이야기를 끝까지 경청하고, 아이의 감정을 이해하고, 아이를 믿어 주고, 존중해 주어야 합니다. 아이에게 '너는 이 광활한 우주에 단 하나뿐인 소중한 존재'임을 알려 주어야 합니다. 아이의 존재 자체가 우리 모두에게 대단하면서도 놀라운 것임을 깨닫게 해 주어야 합니다. 우리가 아이를 키우면서 보람되고 기쁜 순간은 수없이 많습니다. 그때마다 아이를 안아주며 존재에 대한 이야기를 많이 해 주는 것도 좋은 방법입니다.

그런데 아이의 자존감 형성 못지않게 중요한 것이 엄마의 자존감을 높이는 것입니다. 아무리 사회에서 잘 나갔다 해도 시댁과의 관계, 남편과의 관계, 자식과의 관계를 생각해 보면 하녀로 전락하고 마는 우리 사회 속에서 엄마가 높은 자존감을 유지하기란 참으로 어렵습니다. 아이를 키우면서 우울증에 걸리는 엄마들의 대부분은 자존감의 문제가 큽니다. 육아에 얽매이다 보니 자존감이 낮아지기 마련이고 자존감이 낮으니 행복할 리 없습니다. 그러니 아이에게 상처를 주게 되고, 다시 반성하는 악순환이 꼬리를 물게 되는 것이지요.

자존감이 낮은 엄마들은 아이를 통해 자신이 인정받기 원하며 아이를 사랑하는 대신 아이가 남들에게 어떻게 보이는가에 관심이 집중되어 있습니다. 그런 엄마 밑에서 자란 아이들이 행복을 경험할 리 없고 낮은 자존감을 형성할 수밖에 없답니다.

되돌아보면 아이에게 화를 내는 것이 아이의 잘못 때문만이 아닙니다. 조절할 수 없는 분노로 후회의 감정이 남는다면 일차적인 원인은 엄마 내부의 원인일 가능성이 큽니다. 그렇다면 어떻게 대처해야 할까요? 결론적으로 엄마의 자존감부터 세우는 것이 시급합니다. 그래야 엄마가 행복해지고 아이의 자존감도 세워지기 때문입니다.

자존감이 낮은 것은 창피하고 부끄러운 일이 아닙니다. 언제든 높일 수 있는 것이 자존감이기 때문입니다. 자존감은 유전이 아니고 학습되는 것입니다. 내가 좋아하는 것들을 찾아 그것을 하면 자존감은 높아집니다. 중요한 것은 언제 어디서든 나 자신을 소중하게 여기는 자세입니다.

행복한 육아는 육아에 올인하는 것을 의미하지 않습니다. 행복한 육아는 나의 행복, 아이의 행복, 우리의 행복, 나의 발전, 아이의 발전, 우리의 발전을 생각하는 것입니다. 내 삶의 행복을 아이가 줄 거라 믿는 생각부터 바꿔야 합니다. 지금 나의 행복이 아이가 말을 잘 들어서, 아이가 잘 해줘서 이뤄진 것이라면 그것 또한 오래가지 못합니다. 행복의 주도권은 내 아이에게 있는 것이 아닙니다. 내가 행복을 쥐고 있다면 아이의 태도가 어떻든 나는 행복할 수 있습니다. 내 인생은 내가 만들어가는 것이기에 주체적인 삶의 태도를 정립해야 합니다. 자신의 인생을 스스로 이끌지 않으면 다른 사람에게 이끌리기 쉽습니다. 아이를 키우면서 잊었던 나의 자존감도 높이고 그것을 바탕으로 아이의 자존감을 높여주는 엄마가 되었으면 합니다.

다음의 검사는 심리학 박사 로젠버그가 개발한 자아 존중감 척도 검사입니다. 검사를 해보고 엄마의 자존감을 높이는 일들을 해보시기 바랍니다.

자아 존중감 척도 검사지 ❀

1. 나는 내가 다른 사람들처럼 가치 있는 사람이라고 생각한다.

(1) 대체로 그렇지 않다 (2) 보통이다 (3) 대체로 그렇다 (4) 항상 그렇다

2. 나는 좋은 성품을 가졌다고 생각한다.

(1) 대체로 그렇지 않다 (2) 보통이다 (3) 대체로 그렇다 (4) 항상 그렇다

3. 나는 대체적으로 실패한 사람이라는 느낌이 든다.

(1) 대체로 그렇지 않다 (2) 보통이다 (3) 대체로 그렇다 (4) 항상 그렇다

4. 나는 대부분의 사람들과 같이 일을 잘 할 수가 있다.

(1) 대체로 그렇지 않다 (2) 보통이다 (3) 대체로 그렇다 (4) 항상 그렇다

5. 나는 자랑할 것이 별로 없다.

(1) 대체로 그렇지 않다 (2) 보통이다 (3) 대체로 그렇다 (4) 항상 그렇다

6. 나는 내 자신에 대하여 긍정적인 태도를 가지고 있다.

(1) 대체로 그렇지 않다 (2) 보통이다 (3) 대체로 그렇다 (4) 항상 그렇다

7. 나는 내 자신에 대하여 대체로 만족한다.

(1) 대체로 그렇지 않다 (2) 보통이다 (3) 대체로 그렇다 (4) 항상 그렇다

8. 나는 내 사진을 좀 더 존경할 수 있으면 좋겠다.

(1) 대체로 그렇지 않다 (2) 보통이다 (3) 대체로 그렇다 (4) 항상 그렇다

9. 나는 가끔 내 자신이 쓸모없는 사람이라는 느낌이 든다.

(1) 대체로 그렇지 않다 (2) 보통이다 (3) 대체로 그렇다 (4) 항상 그렇다

10. 나는 때때로 내가 좋지 않은 사람이라고 생각한다.

(1) 대체로 그렇지 않다 (2) 보통이다 (3) 대체로 그렇다 (4) 항상 그렇다

자아 존중감 척도 분석지 ❀

1번, 2번, 4번, 6번, 7번의 점수는 다음과 같이 산출합니다.
보기(1): 1점, 보기(2): 2점, 보기(3): 3점, 보기(4): 4점

3번, 5번, 8번, 9번, 10번의 점수는 다음과 같이 산출합니다.
보기(1): 4점, 보기(2): 3점, 보기(3): 2점, 보기(4): 1점

-합계 점수
한국인의 평균치는 29.1입니다(2004년).

총 점수가 높을수록 좋기는 하지만 대체적으로 집단의 평균치 이상이면 보통 정도로서 자아 존중감이 좋은 상태라고 볼 수 있습니다. 그러나 평균치 이하의 경우엔 자신을 찾는 방법을 통해 자아 존중감이 높아질 수 있도록 마음과 생각을 점검하는 것이 좋습니다.

태몽에 담긴 자성 예언 효과

사람들은 태몽에 한 아이의 미래를 예측하는 일종의 영험함이 있다고 믿습니다. 거기엔 나름의 역사가 있습니다. 입에서 입으로 전해 오는 이야기인 구비문학입니다. 구비문학에는 신화, 전설, 민담이 있습니다. 신화에 등장하는 신적 존재는 하늘에서 내려왔다거나, 알에서 태어났다거나, 인간으로는 불가능한 태생의 신비를 갖고 있습니다. 옛날 옛적에는 이렇게 신화로 왕의 권위를 세울 수 있었습니다. 이야기 자체가 기능적 역할을 했던 것이지요.

전설 시대로 내려오면 이야기만으로 믿음을 형성하기 어려워집니다. 이야기로 맹목적 믿음을 요구하기에 사람들의 지적 능력이 많이 신장된 것이지요. 그러한 이유로 전설에는 나름의 증거가 뒷받침되어 있습니다. 알에서 태어났다면 알 껍질을 보여 달라는 식입니다. 그렇지만 전설 속에 증거가 있다 한들 허구적인 것은 마찬가지입니다. 증거가 딱히 의미가 없다는 것입니다.

민담 시대로 내려오면서는 그저 평범한 이야기 안에 교훈이 담깁니다. 저는 이 시점에서 태몽이 힘을 발휘하게 된 것으로 봅니다. 왕이기 때문에 평민과 다른 무언가가 있어야 하는데, 더 이상 태생의 신성함이 통하지 않는 시대가 되었고, 그렇다고 내보일 증거도 없으니 신성한 꿈을 꾸고 태어났다는 이야기를 만들었을 가능성이 높지요. 그리하여 왕이나 높은 신분의 사람들은 대개 어머니들이 용꿈을 꾼 후 태어났다고 합니다.

물론 사실 여부를 확인할 수는 없지만 저는 태몽에 자성 예언 효과가 있다고 믿습니다. 아이의 태몽을 이야기해 주고 태몽에 담긴 의미를 알려주는 것에 가치가 있다는 것입니다. "너를 임신했을 때 이런 꿈을 꿨기 때문에 너는 이 꿈대로 훌륭하게 자랄 것이다"라는 메시지를 주면 그렇게 자랄 가능성이 커진다고 봅니다. 태몽 얘기를 많이 해 주면 태몽처럼 자란다는 말이 참으로 일리가 있습니다.

피그말리온 효과(자신에 대한 타인의 기대나 관심으로 인해 긍정적 결과가 나타나는 현상)나 플라시보 효과(약효가 전혀 없는 가짜 약을 진짜 약으로 가장, 환자에게 복

용토록 했을 때 환자의 병세가 호전되는 효과)를 그대로 볼 수 있는 태몽, 아이가 잘 될 거라는 믿음의 매개와 다름없겠지요. 이를 통해 아이가 잘 자라기 바라는 엄마의 마음을 담아 이야기해 주세요. 아이가 자신이 특별하다는 것을 가슴에 담고 자라게 될 것입니다.

대화법 – 관찰의 말, 평가의 말

사람은 편견이나 선입견에 사로잡히는 경우가 많습니다. '내 아이는 내 말을 들어야 한다'는 것도 엄마만의 생각일지 모릅니다. 많은 엄마들이 아이가 말을 듣지 않아 힘들다고 호소합니다. 그런데 아이를 내 맘대로 하겠다는 것 자체가 사실은 굉장히 힘든 생각입니다. 아바타처럼 아이를 조종할 수 없기 때문입니다. 내 맘대로 아이를 키운다는 것 자체가 사실 이치에 맞지 않죠. 아이가 엄마 말을 안 듣는다고 해서 엄마를 거부하는 것이 아닙니다. 단지 그 상황만 거부하는 것일 뿐인데 엄마를 무시한단 생각이 들고 거부당한 느낌마저 듭니다. 그런데 생각해 보면 엄마가 아이를 사랑해도 화를 낼 수 있듯이, 아이도 엄마를 사랑해도 말을 안 들을 수 있는 것입니다.

대화법은 엄마의 입장은 물론 아이의 입장까지 생각하는 데서 출발합니다. 일방적으로 내뱉는 말들은 대화라고 볼 수 없습니다. 엄마는 늘 자식을 위하며 자식이 잘 되라고 합니다. 하지만 이 말을 담는 말투가 걸림돌이 되어 대화를 방해할 수 있습니다. 무엇이 자녀와의 대화에서 걸림돌이 되는지 되돌아볼 필요가 있습니다.

우리는 아이가 잘하는 것보다 못하는 것에 초점을 두고 그것을 고치는 방향의 말을 많이 하곤 합니다. 나도 모르게 내뱉는 말이 듣는 아이에게 어떤 영향을 줄지 생각도 하지 않은 채 자녀를 키우고 있는 것입니다.

걸림돌이 되는 말들 ❀

1. “하지 마라.”
2. “그만 두지 않으면 혼난다.”
3. “엄마 말을 들어야만 한다.”
4. “그렇게 하면 친구들이 싫어해.”
5. “엄마가 도대체 몇 번을 말하니? 너 생각이 있는 거니 없는 거니?”
6. “야, 이 바보야.”

7. “동생은 안 그러는데 넌 왜 그러니?”

8. “또 그런다.”

9. “저기 봐 봐.”, “나중에 해 줄게.”

걸림돌이 되는 말들은 일방적인 지시이며 따르도록 명령하고 강요합니다. 심지어 아이에게 경고하고 이를 어기면 위협하기도 합니다. 또 엄마의 의견을 설득하기도 하고 아이에게 문제 해결의 방법을 충고, 제안하여 그대로 받아들이게 합니다. 그런데 이런 식의 말투는 일시적으로는 엄마의 의도대로 상황을 이끌 수 있겠지만, 엄마에 대한 저항감과 적개심 등 심리적인 불만을 일으키거나 자존감을 떨어뜨릴 수 있습니다.

많은 엄마들이 본인의 말투가 어떤지 잘 모르고 사용하는데요. 먼저 남편이 아이에게 사용하고 있는 말투를 살펴보고 분석하면 어떤 부분이 걸림돌이 되는지 파악하기 쉽습니다. 그런 다음 본인의 말투를 살펴보면 더 효과적입니다. 자기 분석보다 타인 분석이 더 쉽기 때문이죠. 그래도 자신의 말투를 파악하기 어려우면 아이와의 대화를 녹음해서 들어 보시면 도움이 됩니다.

다음으로는 새로운 대화법을 적용할 차례입니다. 마샬 로젠버그 박사의 비폭력 대화를 소개해 드릴게요. 로젠버그 박사는 비폭력 대화를 위해 다음과 같은 모델을 제시했습니다.

1. **관찰** : 어떤 상황에서 실제로 일어나고 있는 그대로 관찰한다.
2. **느낌** : 그 행동을 보았을 때의 느낌을 말한다.
3. **욕구** : 자신이 인지한 느낌이 내면의 어떤 욕구와 연결되는지 말한다.
4. **부탁** : 상대방이 해 주길 바라는 것을 표현한다.

엄마의 의사를 전달할 때 아이의 행동을 평가하지 말고 관찰한 것만 전하는 것이 좋다고 합니다. 그런 다음 엄마의 감정을 덧붙이는 형식으로 대화를 하면 아이가 받아들이는 데에 거부감이 없다고 합니다. 예를 들어 밖에서 놀다 들어온 아이가 손을 씻지 않고 있다면 "손에 세균이 얼마나 많은데, 왜 안 씻고 있어?"라고 말하기보다 "놀다가 들어와서 손을 씻지 않았네"라며 아이의 행동을 객관적으로 말해 줍니다. 그런 다음 "엄마는 세균이 네 몸속에 들어 갈까봐 걱정돼"라며 엄마의 생각을 덧붙여 주는 것입니다. 인간은 자신의 잘못을 인정하지 않으려는 속성이 있습니다. 이때 상대방의 잘못을 지적하기보다는 행동을 사진 찍듯이 보여주고 판단은 스스로 하게 하면 행동을 수정하는 데 큰 도움이 됩니다.

한 가지 더 예를 들자면 숙제를 안 하고 있는 아이를 보고는 "빨리 숙제해"라고 명령하지 말고 "숙제를 안 하고 있구나, 엄마는 네가 선생님께 야단 맞을까봐 걱정이 되네"라고 이야기해 줍니다. 엄마가 아무리 옳은 말을 하더라도 아이의 잘못을 탓하는 말하기가 되면 엄마의 말을 수용하지 않게 됩니다. 하지만 엄마의 감정을 이야기하는 것은 아이의 반감을 줄입니다. 또한 아이의 잘못을 말할 때 보통 "너 진짜 나쁘구나"라는 말처럼 아이 전체를 평가하지 않게 되고, 아이의 행동만 지적하기 때문에 자신의 잘못이 무엇인지 정확하게 알게 됩니다. "네가 그렇게 행동하니 엄마가 당황스럽네"라고 이야기하면 그건 엄마의 생각이 그러하다는 것이니 아이도 받아들일 수 있습니다.

이렇듯 아이의 행동을 객관화하면 되는데, 우리는 주관적으로 해석하고 평가하고 판단하기를 좋아합니다. 내 아이니까 감정이 개입되기 때문입니다. 하지만 화를 내며 말하면 아이들은 그 화만 가져가고 말은 담지 않게 됩니다. 비난하지 말고 사실만 말하는 것을 연습해서 익히면 아이와의 대화가 원활하게 잘 이뤄질 수 있습니다.

우리가 흔히 말하는 I message는 자녀와의 대화에서 유용합니다. '너'를 주어로 삼는 이야기는 아이의 방어기제를 불러일으키기 쉬운데, '나'를 주어로 하는 이야기는 아이가 받아들이기 수월합니다. 엄마가 피곤해서 일찍 자고 싶은데 아이가 놀자고 조르는 상황에서 '너'를 주어로 이야기하게 되면 "넌 왜 엄마를 귀찮게 하니? 저리 가"라는 말들이 튀어 나오게 됩니다. 그러면 아이는 '나는 엄마한테 귀찮은 존재구나'하는 생각을 갖게 됩니다. 그런데, '나'를 주어로 하게 되면 "엄마가 지금 몹시 피곤해서 일찍 자고 싶구나"가 되고 이럴 때 아이는 '엄마가 피곤해서 일찍 자고 싶으시구나'하고 이해하게 됩니다. 주어만 바꾸는 것인데 표현과 그 영향은 이렇게 큰 차이가 납니다.

다음은 듣는 대화의 방법입니다. 말 그대로 아이의 말을 듣기만 하는 것입니다. 방법은 아주 간단합니다. 설득하거나 설교하려 들지 않고, 그냥 들어주기만 하는 것입니다. 아이가 밖에서 친구랑 싸우고 왔을 때 싸운 이야기를 엄마에게 전달하면 엄마는 개입하고 싶어집니다. 그런데 개입하고 싶은 마음을 참고 아이의 말을 잘만 들어주면 결국 아이의 감정이 해소될 수 있고, 나름의 해결책도 아이로부터 나올 수 있습니다.

평상시에는 감정과 이성이 균형을 이루고 있지만 갈등 상황이 생기면 이성보다 감정이 차지하는 비중이 커져 아무리 좋은 말을 하더라도 들리지 않습니다. 감정이 차여 있어 들어갈 공간이 없기 때문입니다. 이럴 땐 들어주기만 해도 아이 스스로 감정이 가라앉아 이성과 균형을 이루게 됩니다. 그런 다음 아이에게 도움 되는 이야기를 해 주는 것이 효과적입니다. 감정의 김이 빠진 상태에서는 엄마의 조언을 받아들이기도 쉬워지기 때문입니다. 이렇게 감정의 찌꺼기를 제거해 주는 엄마를 믿고 아이는 모든 걸 다 말할 수 있습니다. 엄마와의 대화가 편안해지기 때문입니다. 불안정한 감정의 덩어리가 풀리면 긍정으로 전환이 됩니다. 이런 경험을 많이 하면 갈등 상황이 와도 현명하게 대처할 수 있습니다. 아이의 문제 해결력이 높아지는 것입니다. 그러니 자연스레 자존감도 높아지겠지요.

아이의 이야기에 "그랬구나"라고 말해 가며 들어주면 아이가 계속 격려 받고 이해 받는 느낌을 얻을 수 있습니다. 또 아이의 감정을 읽어주면 공감과 이해도 줄 수 있게 됩니다. 예를 들어 미용실에 다녀온 아이가 집에 와서 "엄마, 머리 너무 짧게 잘라서 진짜 이상해"라고 불평하면 보통 "괜찮은데?"라고 대응합니다. 그런데 아이의 마음은 불편한 감정으로 가득 차 있기 때문에 이런 엄마의 말이 들어가기 쉽지 않습니다. 이럴 땐 "그랬구나, 참 속상하겠네"하며 아이의 감정이 편안해질 때까지 김을 빼주는 게 좋습니다. 그런 다음 "그렇지만 엄마가 보기엔 괜찮은데?"라고 하면 그 말은 아이에게 받아들여질 수 있습니다.

아이가 엄마에게 무언가 이야기하는 건 자기의 잘못을 깨우쳐 달라는 게 아니라 위로해 달라는 것입니다. 엄마의 노력은 완벽하고 잘난 아이보다 모자라고 힘든 아이에게 더 필요한 것이 아닐까요? 이런 아이를 보듬어 줄 수 있는 사람도 엄마입니다. 아이가 힘든데 엄마까지 힘들게 하면 아이는 버티지 못합니다. 그래도 우리 엄마라고 이런 저런 이야기를 꺼내는 건데 거기에 판단을 덧대어 아이들의 속상한 마음에 소금을 뿌리는 일이 참 많을 겁니다. 예를 들어 학교에서 친구들이 자기만 소외시키고 놀러 가서 속상해 하는 아이에게 "너 왜 친구들이 너를 따돌렸는지 생각해 봐. 네가 무슨 잘못을 했으니까 그랬겠지. 네가 친구들에게 하는 태도를 보면 친구들이 그럴 만도 하더라"는 식으로 이야기하면 엄마에게 위로 받고 싶어 꺼낸 이야기에 도리어 더 큰 상처만 입고 마는 꼴이 됩니다. 이런 상황에서 우선되어야 하는 건 아이의 감정을 온전히 헤아려 주는 일입니다. "저런. 친구들이 너만 빼고 놀러 가서 참 속상했구나." 이렇게만 헤아려 줘도 아이는 엄마가 자기의 마음을 잘 이해해 준다는 느낌을 받습니다. 이렇게 아이와 엄마의 관계가 돈독해지면 아이는 엄마의 생각에 귀를 기울이게 됩니다.

아이의 말을 잘 들어주는 것만으로도 아이는 부모가 자신을 존중해 준다고 느낍니다. 그런데 사실 '듣기', 그것도 진지하게 경청하는 것은 참으로 어렵습니다. 듣기야말로 진정으로 인격이 높은 사람들이 잘할 수 있는 것이지요. 아이와의 관계에서도 사실 말하기보다 더 중요한 것이 듣기입니다. 아이의 말을 듣지 않고 내 할 말만 하는 것은 일방적인 '말하기'이지 대화가 아닙니다.

손자병법에서는 "평소 명령이 잘 서도록 가르쳤으면 복종할 것이고 그렇지 않으면 불복할 것이다. 평소 명령이 잘 실행된다 함은 장수와 군사들 사이에 소통이 잘된다는 것이다"라고 했습니다. 이것은 비단 장수와 군사 사이의 일만은 아닙니다. 평소 소통이 잘 되어 있으면 아이도 엄마 말에 잘 따르게 됩니다. 아이와 충분히 대화를 나누고 옳고 그름을 설명해 주어야 합니다.

건강을 지키려면 양질의 음식을 먹어야 하듯 마음을 살찌우게 하려면 양질의 대화를 많이 해야 합니다. 불량 음식이 몸을 해하고 한 번 나빠진 몸이 쉽게 좋아지지 않듯 부정적인 대화 또한 그렇습니다. 마음에 상처를 남기기 때문입니다. 어른들은 아이를 부정하는 말에 길들여져 있어 아이를 긍정하는 말에 서툽니다. 지금부터라도 아이를 긍정하는 말을 해주면 아이는 감동 받고 힘을 얻게 됩니다. 따뜻한 말 한 마디가 아이의 마음을 열고 인생을 행복하게 열어갈 수 있습니다. 내 안에 좋은 것들을 채우고 이를 통해 아이를 잘 기를 수 있도록 노력해야 합니다. 아이들은 저절로 크는 게 아닙니다. 각 발달의 시기에 결핍된 부분이 있다면 재경험을 통해 충족되지 못한 사랑을 보충해 주어야 합니다. 그러니 아이가 자라나는 소중한 시기를 충실히 보낼 필요가 있겠지요. 그 실천이 바로 대화입니다. 엄마의 대화법만 바뀌어도 아이의 인생이 달라집니다.

가족 규칙 세우기

규칙이란 무엇인가요? 사전에는 '여러 사람이 다 같이 지키기로 작정한 법칙, 또는 제정된 질서'라고 정의되어 있습니다. 집집마다 나름의 지켜야 할 규칙이 있습니다. 규칙은 지켜야 하고 그것이 사회질서나 가족 내 질서를 유지하는 중요한 기틀이 되기도 하지요. 그래서 가족 규칙을 미리 정해 두면 아이와의 갈등 상황도 줄일 수 있습니다. 미리 정해 놓은 약속에 준해 행동하고 그에 맞지 않을 경우 제재를 가하면 되기 때문입니다. 또 이러한 규칙은 사회생활을 하는 데 도움이 되기도 하지요.

첫째 딸 채린이가 처음 교육기관에 입학했는데 적응하기까지 한 달 반이 걸렸습니다. 아이들이 처음 교육기관에 적응을 잘 못하는 이유는 갑자기 많은 규칙을 지켜야 하기 때문이기도 합니다. 규칙은 사회생활에 꼭 필요하지요. 그렇기 때문에 유치원에는 원내의 규칙이 있고, 아이들은 이에 따라야 합니다. 그래서 아이를 처음으로 교육기관에 보내기 전에 규칙을 만들어 이를 지키는 작업을 함께 해보면 적응에 도움이 되겠지요.

그렇지만 때로 경직된 규칙은 아이의 전인적 성장을 막기도 합니다. 와세다 대학의 심리학 교수 가토 다이조는 "규범의식이 지나치게 큰 아이들은 욕구를 억누르고 자라기 때문에 끊임없는 불안과 긴장 속에 있어야 한다"고 합니다. 그러니 사회생활에 잘 적응하고 남의 기대에 잘 부응하는 성인이 되겠지만, 마음속으로는 책임으로부터 자유로운 아이들을 동경하게 된다고 합니다. 모든 일에 '~해야 한다'는 사고방식으로 접근하고 융통성이 결여되어 있어 삶을 즐기지 못하게 된다는 것입니다.

그러니 규칙도 어느 정도 융통성이 있어야 아이가 사회에서도 유연하게 생활할 수 있습니다. 보편타당한 규칙을 만들어 가는 과정에서 허용되는 것이 있을 때 그 안에서 아이들은 자기다움을 발견할 수 있고, 규칙을 준수하는 것 또한 자신을 거스르지 않은 상태에서 할 수 있습니다.

가족 규칙이 없다면 다음의 사항을 고려하여 규칙을 정하고, 이미 정한 가족 규칙이 있다면 다음의 사항을 염두에 두고 점검해 보세요.

가족 규칙 바꾸기

1. '해야 한다'를 '할 수 있다'로 바꾼다

예) 어른들에게 말대꾸해서는 안 된다 → 때로는 어른들에게 말대꾸할 수 있다. (의문점이 있을 때, 받아들이기 어려운 요구일 때, 모순된 점이 있을 때)

2. '절대로'를 '때때로'로 바꾼다.

예) 절대로 화를 내면 안 된다 → 때때로 화를 낼 수 있다. (부당한 일을 당할 때, 무시하는 말을 들을 때, 내 의견이 존중되지 않을 때)

3. '할 수 있다'를 3개 이상의 가능성으로 확장한다.

예) 이기적이면 안 된다 → 때로는 이기적으로 될 수 있다. (자신의 필요와 욕구를 돌봐야 할 때, 지쳐 있을 때, 우선순위가 뒤바뀌어 있을 때)

가족 규칙을 합리적이고 융통성 있게 적용하면 아이 성장에 도움이 되지만, 목에 칼이 들어와도 이것만은 지켜야 한다는 식으로 세워 놓으면 아이에게 부정적 영향을 끼칠 수 있습니다. 예를 들어 자기 전에 반드시 이를 닦고 자야 한다는 규칙은 아이의 치아 건강에 도움이 됩니다. 하지만 예외 상황, 가령 아이가 피곤해 잠들어 있는 상태에서 억지로 깨워 이를 닦게 하면 아이는 자기의 피로한 상황을 이해하지 못하는 엄마에게 비인간적인 대우를 받았다고 생각할 것입니다. 그리고 자기 전에 이 닦는 것에 강박감을 갖게 될 수 있습니다. 규칙 엄수를 강요하고 이것이 지나치게 경직되어 있을 경우 아이의 성장에 오히려 방해물로 작용할 수 있는 것이지요.

아이에게는 자신과 세상에 대해 배우는 가장 중요한 장소가 바로 가정인데 그 안에서 복종만 강요하면 곧 아이의 자존감에 부정적인 영향을 끼칠 수 있습니다. 그렇다고 규칙 없이 아이를 키울 수도 없는 일입니다. 무엇이든 한쪽으로 지나치게 기울다 보면 문제가 생기기 마련인데 가족 규칙의 경우가 바로 그렇습니다. 중용의 도가 반드시 필요한 부분이라고 할 수 있겠지요.

올바른 가족 규칙도 중요하지만 꼭 지켜야 한다는 강박으로 아이에게 상처를 주고 계신 엄마들이 있다면 융통성이 필요합니다. 그렇지 않으면 아이가 성장 과정에서 대인 관계의 문제를 겪을 수 있습니다. 규칙에 어긋나는 행동을 하는 타인을 수용하지 못하기 때문입니다. 예를 들어 '어떠한 경우에도 거짓말을 해서는 안 돼'라는 규칙 속에서 자란 아이들은 거짓말을 하는 사람을 보면 견디지 못합니다. 사회생활에 있어서는 타인의 다양성을 수용하여 '이런 사람도 있고 저런 사람도 있다'라는 생각이 필요한데 규칙과 어긋나는 사람을 보면 거리감을 두게 되는 것이지요.

반대로 가족 규칙이 없는 경우엔 올바른 규칙을 세워 아이에게 좋은 습관을 형성해 주어야 합니다. 아이가 해 달라는 대로 다 해 주고도 싶고 아이가 떼를 쓰면 요구를 들어주기 십상인데 멀리 보면 이는 아이를 위하는 일이 결코 아닙니다. 규범을 정해 두는 게 아이에게 도움을 주는 일임은 확실합니다.

가족회의를 해보자

가족 여행을 가서 가족회의를 해봤는데 채린이의 반응이 매우 좋아 시작하게 되었습니다. 가족회의를 하면서 가족 간의 대화 시간과 기회도 더욱 늘었는데요. 자신의 의견을 내는 아이들을 보면 참 많이 컸다고 느낍니다. 회의 진행에도 적극적으로 참여하고 자신의 생각도 조리 있게 잘 말하는데요. 아무래도 발언의 기회가 공식적으로 주어진다는 것이 신 나는 모양이더라고요.

가족회의는 아이들뿐 아니라 부부 사이에서도 꼭 필요합니다. 서로에게 칭찬할 점과 감사한 일이 생각보다 많은데 표현을 못하고 지나칠 때가 많잖아요. 가족회의는 그런 것들을 생각하고 말하게 하는 나름의 제도적 장치가 되어 준답니다. 칭찬 한 마디면 두 달을 견딜 수 있다는 말처럼, 가족회의는 서로 칭찬하고 좋은 기분을 가지고 생활할 수 있게 도와줍니다.

더불어 저희는 서로에게 섭섭했던 일도 가족회의 시간에 털어놓는데요, 서로 오해가 있던 부분을 풀 수 있고 상대방의 기분이나 감정을 이해하게 되어 공감 능력도 기를 수 있어 좋습니다. 이렇듯 상대방의 행위에 대한 나의 섭섭한 감정을 이야기하는 역지사지(易地思之)의 기회를 자연스레 갖게 되면서 내가 생각할 땐 별 것 아닐지라도 상대방 입장에서 힘들고 아플 수 있다는 것을 깨닫게 되었습니다. 이것은 서로를 칭찬하는 것만큼이나 중요하다고 생각합니다.

예전에 일본의 교육부 장관이 취임식에서 언급하여 일본 교육계에 화제가 된 '마음의 교육'이 있습니다. 마음의 교육은 "잘못했어요"라고 말하게 하는 것이 아니라 그 말에 이르기까지의 마음을 가르치는 것이라고 합니다. 이것은 잘못한 상황과 맥락을 잘 이해해야만 가능한데, 그런 것들을 통찰할 수 있도록 도와주는 것이 바로 가족회의랍니다. 전체적인 상황을 들여다보고, 상대방의 입장을 들을 수 있기에 가능한 것이지요.

가족회의는 마음의 교육뿐만 아니라 학습 효과도 있어 더욱 좋습니다. 아이들은 가족회의로 나의 생각을 말하고 상대방의 이야기를 경청하는 습관을 기르니 자연스럽게 여러 영역의 언어 학습 활동이 되는 셈이지요. 인간 최대의 무기인 언어를 자연스럽게 갈고 닦을 기회입니다.

채트리오네 가족회의 운영 방법입니다. 참고하여 시작해 보세요.

1. 사회는 가족 구성원이 순번을 정해 돌아가면서 맡는다.
2. 발언권은 평등하게 가지고 상대방의 얘기를 충분히 들어준다.
3. 진행 방법
    1) 차례대로 한 주 동안 자신이 잘한 일과 반성한 일에 대해 말한다.
    2) 차례대로 서로에게 칭찬할 일을 말한다(섭섭했던 일도 더불어 말할 수 있다).
    3) 다음 주에 자신이 어떤 태도로 생활할 것인지 말한다.
4. "우리 가족 사랑해요~"라고 말하며 포옹으로 마무리한다.

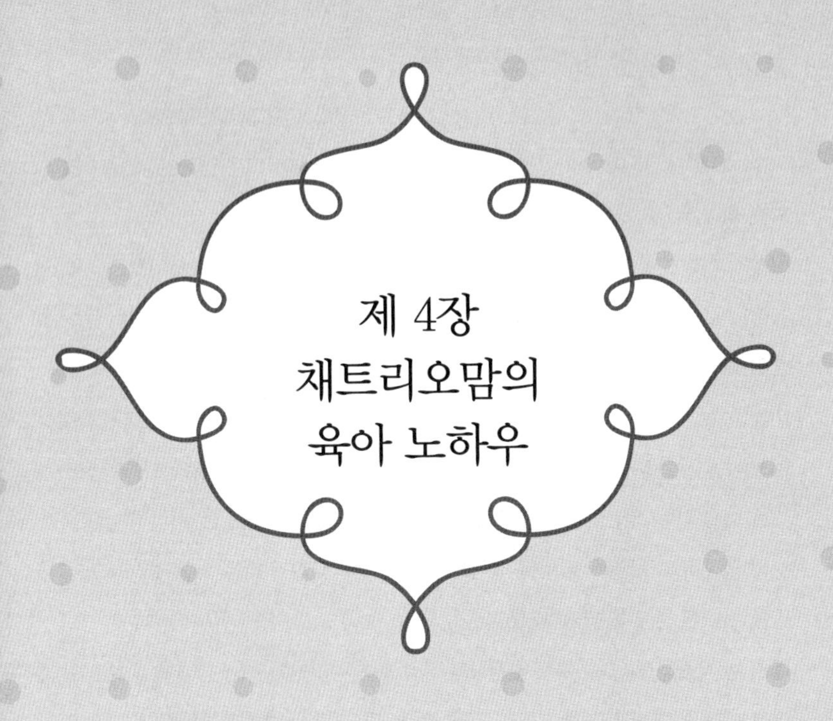

제 4장 채트리오맘의 육아 노하우

육아는 무한 인내심을 요구하는 끝없는 테스트입니다. 아이의 잘못을 꾸짖기 전에 안아 줄 수 있는 힘, 아이의 잘못에 호통칠 것이 아니라 부드러운 언어로 매만져 줄 수 있는 힘이 필요하기 때문입니다.

하지만 현실을 경험하면서 깨닫는 바는 늘 좋은 엄마일 수 없다는 것이지요. 저에게 육아는 무엇보다 힘든 것이지만, 또 그럼에도 불구하고 다른 무엇과 견줄 수 없는 보람이 있는 일이기도 합니다.

이해인 수녀님은 시 〈행복의 얼굴〉에서 "사는 게 힘들다고 말한다고 해서 내가 행복하지 않다는 뜻은 아닙니다. 내가 지금 행복하다고 말한다고 해서 나에게 고통이 없다는 뜻은 정말 아닙니다. 마음의 문을 활짝 열면 행복은 천 개의 얼굴로 아니 무한대로 오는 것을 날마다 새롭게 경험합니다"라고 했습니다. 육아가 바로 이런 것입니다. 좋은 것을 보고 좋은 것을 남겨야지요.

물론 늘 사랑만 하고 살 수는 없습니다. 엄마도 사람이기에 분명 참기 힘든 순간도 올 테고 내 자식이지만 미운 순간도 있을 것입니다. 하지만 그것에 얽매여 있으면 정말 아이를 키우기 힘들어집니다. 그러한 순간에도 내 아이의 소중한 유년기에 흠집을 내서는 안 된다는 교육 철학은 잃지 말아야겠습니다.

육아의 난관에 봉착하게 되면 마치 터널 안에 들어앉은 느낌이지요. 저 또한 사방이 막혀 있는 느낌을 받을 때가 종종 있었습니다. 그럴 때면 주변의 육아 선배들에게 묻기도 하고 전문가의 조언을 구하기도 하고 교육학 서적도 찾아보며 힘든 시간을 넘겼습니다. 그때 기록한 해결책을 소개해 드릴게요.

조기교육이냐 적기 교육이냐

저는 한때 조기교육 옹호론자였습니다. 제가 조기교육이 필요하다고 생각한 것은 수년간 최상위권 성적의 학생들을 가르치면서 이 아이들의 능력이 조기에 형성된다고 판단했기 때문입니다. 즉, 공부 잘하는 아이의 역량이 어린 시절 결정된다고 확신한 것입니다. 그러니 중 · 고등학생 아이를 둔 엄마가 그제야 아이 역량을 키우려 해도 큰 효과가 없을 것이라고 생각했습니다.

게다가 제가 첫 아이를 키우면서 글렌 도만, 칼 비테, 시치다 마코토 등 조기교육 옹호자들의 책을 많이 읽었기 때문에 자연스럽게 채린이에게 조기교육을 했습니다. 저의 육아관 또한 조기교육에 맞춰질 수밖에 없었지요.

아이들에게는 발달의 단계가 존재합니다. 물론 요즘 교육계에서는 발달의 결정기라는 표현 대신 발달의 민감기라는 표현을 많이 사용하긴 하지만, 교육에는 효과적인 시기가 존재한다고 보는 게 일반적입니다. 언어학계에서는 만 2세까지 언어 사용의 80%가 완성된다고 보는데요. 이는 뇌 발달의 과정과 맥락을 같이합니다. 그러니 모든 것이 폭발적으로 발달하는 이 시기에 체계적인 교육이 이뤄지면 아이가 엄청난 성장을 이룰 수 있다는 것이지요. 조기교육 옹호자들은 이 시기에 교육을 해야 똑똑하게 자랄 수 있다고 주장합니다.

영재교육의 한 획을 그은 글렌 도만 박사 역시 조기교육법의 선구자로 알려져 있습니다. 글렌 도만은 뇌 장애아를 치료하는 연구소의 박사입니다. 그는 뇌 장애아 치료 방편으로 조기교육을 실시했는데 이 아이들이 비장애아만큼의 지적 활동을 할 수 있었고, 오히려 이를 뛰어넘는 아이도 있었다는 데 흥미를 느꼈습니다. 비장애 아동들에게 이 프로그램을 적용했더니 똑똑하고 긍정적인 아이로 성장했다는 것에 착안해 조기교육의 중요성을 주장하게 됩니다. 그는 “뇌의 중요한 성장은 6세면 끝난다. 유아는 3세까지 그 후에 배우는 것보다 훨씬 많은 것을 배운다”고 했습니다. 그리고 그는 만 1세 이전의 교육 효과가 가장 크다고 보고 있죠.

이런 주장이 일리가 있긴 하나 모든 아이에게 적용되는 것은 아닙니다. 아무리 어릴수록 학습 효과가 좋다 해도 개인차가 있다고 생각합니다. 아이마다 적절한 교육 시기가 다를 수 있는데, 무조건 어린 나이에 학습을 강행하면 얻는 것보다 잃는 것이 더 많을 수 있습니다. 잘할 수 있는 시기를 기다려 주면 아이가 더 큰 능력을 발휘합니다. 물론 나이에 비해 월등히 뛰어난 영재는 단계에 맞는 학습을 시켜 주는 것이 좋습니다. 하지만 평범한 아이에게 무리한 영재 학습을 시키면 학습 자체가 아이에게 고통이 되겠지요.

사실 전 영재는 조기교육으로 만들어지는 것이 아니라 태생적 자질이라 생각합니다. 그리고 '영재'라는 수식어를 달 수 있는 아이는 많지 않습니다. 요즘은 '영재'라는 말을 흔히 사용하는데 그런 단어를 붙일 만한 아이들은 극소수에 불과합니다. 그런데 많은 엄마들은 아이가 어릴수록 '내 아이가 영재가 아닐까?'라고 착각합니다. 내 아이가 영재가 아닐 경우 영재교육은 의미가 없습니다. 영재교육을 한다고 영재가 되는 것이 아닙니다. 차라리 열심히 노력하는 아이가 되도록 교육해야 합니다. 영재보다 더 큰 성과를 낼 수 있다고 교육하는 것이 훨씬 가치가 있습니다. 타고나 그냥 이루는 것보다 노력으로 일구는 것이 더 보람됩니다.

《EBS 60분 부모》에서는 지나친 유아 학습이 오히려 뇌 위축을 유발한다고 합니다. 두 돌에서 네 돌까지는 뇌 가운데 정서 발달이 가장 활발하게 이뤄지는 시기이기 때문에 오히려 인지 뇌를 철저히 보호해야 한다는 것입니다. 아이를 학습시키느니 차라리 따뜻한 스킨십을 한 번 더 하는 것이 훨씬 좋다는 것이지요. 인지적 지식 축적은 나중에 해도 늦을 것이 없습니다. 하기 싫어도 학습해야 할 시기가 반드시 옵니다. 그러니 학습하지 않아도 되는 시기에는 정서적 충족감을 채워 주는 일에 더 신경 써야 합니다.

신의진의 《아이보다 더 아픈 엄마들》에서는 아이큐 100이 넘으면 성격 좋은 사람이 공부를 더 잘한다고 합니다. 인간 지능의 삼원론을 제시한 스탠버그도 "아이큐 120만 넘으면 창의적 능력은 크게 상관이 없다"고 했습니다. 행복하게 자란 아이가 자기 능력을 발휘할 수 있는 것이지요. 그러니 아이가 어렸을 때는 여행이나 놀이의 즐거움을 가득 채워주고 그 이후에 이렇게 형성된 아이의 역량을 가지고 학습을 시키는 것이 옳겠지요.

어린 시절에 평생을 두고 쓸 많은 부분이 완성된다는 생각은 변함이 없습니다만 그 방향은 180도 바뀌었습니다. 아이의 역량은 조기교육이 아니라 가족과 함께하는 행복한 시간이 길러준다고 생각합니다.

유용한 경험을 많이 제공하는 것 또한 엄마의 역할이라고 생각했는데 이마저도 많이 바뀌었습니다. 소소한 일상이라도 행복하게 보내면 그걸로 된 거라 생각합니다.

공부를 잘하는 아이들의 공통점은 우수한 두뇌보다도 공부에 대한 욕심과 열정입니다. 물론 머리가 좋으면 그만큼 공부를 잘하기 쉬워집니다. 하지만 열정은 인지적 측면이 아닌 정서적 측면의 교육으로 만들어진다는 것이 제 결론입니다.

준비되지 않았는데 학습이 시작되면 당연히 아이는 지치고 힘들어 합니다. 그렇게 되면 '학습=스트레스'라는 공식이 세워지겠지요. 그러나 아이에게 학습 능력이 생기고, 학습의 성취감을 맛볼 시기가 되면 아이도 학습을 자연스럽게 받아들일 것입니다. 공부는 그 때 시작해도 결코 늦지 않습니다. 조수철의 《엄마는 주치의》를 보면 "아이에게 '공부하라'고 야단치면 그 말은 기억하지 못하고 야단맞았다는 매우 정서적인 내용만이 기억에 남는다. 교육을 할 때에는 따뜻함과 친숙함이 동반되지 않으면 '불쾌한 경험'으로 인식될 가능성이 높다"고 쓰여 있습니다.

이제 교육에서 한 발 물러나 아이가 어떤 것에 흥미를 보이는지 지켜봐 주세요. 아이를 있는 그대로 사랑해 주세요. 교육이 필요하다면 그건 조기교육이 아니라 적기 교육이 되어야겠지요. 공부를 시키지 말자는 이야기가 아닙니다. 아이의 발달 과정에 맞게 그리고 아이의 능력에 맞게 주자는 것이지요. 기다림이 필요하다면 기다릴 줄 알고 지나치다 생각이 들면 가지치기할 줄 알아야 한다는 것입니다. 에리히 프롬도 《사랑의 기술》에서 "우리들은 지식을 가르치는 동안에 인간의 발전에 있어서 가장 중요한 가르침을 잃어가고 있다"고 말했습니다. 이 말의 의미를 찬찬히 생각해 볼 필요가 있습니다.

내 아이가 공부를 잘하는 아이로 자란다면 좋겠죠. 하지만 육아의 초점을 공부에 두는 것은 편협한 일입니다. 그보다 아이가 가진 잠재력과 역량을 충분히 발휘하게끔 도와주고 사랑을 주는 데 더 힘써야 합니다. 그러면 아이는 타인과 공감하며 소통 능력, 배려, 자신감을 배울 것입니다.

한글 교육 빨리 시작할수록 좋다?

저는 대학에서 국어국문학을 전공하고 대학원에서 국어교육학을 전공했습니다. 그래서 책 읽기와 한글 교육에 관심이 많습니다. 지금도 아이들이 자라는 데 중요한 것으로 책 읽기를 꼽고 그 생각엔 변함이 없습니다. 그러나 한글 교육에 관해선 생각이 조금 다릅니다. 한글을 일찍 떼면 책을 스스로 읽는 시기도 빨라질 거란 생각에 채린이는 한글 교육을 빨리 하게 되었는데 이게 지금도 제가 후회하는 부분입니다.

물론 한글을 일찍 깨우치면 더할 나위 없이 좋겠지만 누구나 할 수 있는 것이라면 좀 더 즐겁고 쉽게 가는 길이 맞습니다. 한글에 관한 의견은 크게 두 가지로 나뉩니다. 통글자로 먼저 학습하고 낱글자, 한글 자모의 순으로 익히는 방법인데, 이 방법은 대부분의 학습지 회사가 고

수하는 방법이지요. 그리고 처음부터 한글의 조합 원리를 깨우치게 하는 학습법이 있습니다. 전자의 경우 대부분 낱말 카드로 공부를 시작하기 때문에 24개월 이전의 아이도 충분히 가능합니다. 후자의 경우는 아이의 인지능력이 어느 정도 갖춰져 있어야 하기 때문에 시작 시기는 만 5세 정도로 맞추고 있습니다.

사실 한글은 모양을 본 따 만든 상형 글자가 아니기에 그림처럼 익히게 하는 것은 별 효용이 없을 뿐만 아니라 이런 식으로 암기한 글자를 읽는 것은 큰 의미가 없습니다. 모든 글자를 외워야 하니까요. 물론 통글자 학습법은 글자에 친근감을 가질 수 있고 한글을 어린 나이에 좀 더 빠르게 접할 수 있다는 장점이 있지만, 이것으로 한글을 깨우쳤다고 할 수는 없습니다. 요즘은 워낙 한글 학습을 빨리 시작하다 보니 통글자 학습이 만연하고 있는데, 저는 이러한 한글 교육과 역방향 격인 자모 학습법이 더 유용하다고 봅니다. 이를 받아들일 수 있는 학습 능력이 형성되었을 때 한글을 가르쳐야 효과도 크고 아이가 학습에 흥미와 성취감을 느낄 수 있다고 생각합니다. 한글은 소리 나는 대로 쓰는 표음 문자이기 때문에 들으면 바로 조합해 쓸 수 있는 글자입니다. 이러한 우수한 특징이 있는데 굳이 통글자로 암기해 가며 학습시킬 필요가 있을까요? 조선왕조실록에서 한글 창제 당시인 세종실록을 보면 한글은 '아침나절이 지나기 전에 해석하고 열흘이 지나기 전에 배울 수 있는 글'이라고 나와 있습니다. 원리를 터득하면 그만큼 쉬운 것이 한글이지요. 그러면 능력이 되지 않았을 때 시작해 장시간을 투자할 것이냐, 적기를 고려하여 단시간에 떼게 할 것이냐의 문제만 남는 게 아닌가 싶습니다.

채린이는 모든 학습 교육을 일찍 시작한 편입니다. 가장 직접적인 계기는 학습지 회사의 권유 때문이었습니다. 일찍 시작할수록 효과가 좋다는 말에 24개월을 갓 넘기면서 한글 학습을 시작했습니다. 그러나 결과가 좋지 않았습니다. 처음엔 수업을 잘 따라가는 것 같더니 나중에는 선생님만 보면 숨어 버리는 것이었습니다. 그래도 당장 수업을 끊지 못하고 '조금 지나면 괜찮아지겠지'하는 생각에 계속 진행했습니다. 결국 더 이상 수업을 할 수 없을 정도가 되어 중단하고는 엄마표 수업을 하게 되었습니다. 이것 또한 좋은 생각은 아니었습니다. 아이를 가르치다 보면 아이가 엄마의 욕심만큼 못 따라 올 때도 분명히 있습니다. 그럴 경우 엄마의 표정이 굳기 쉬운데 그건 아이의 자존감에 상처를 입히게 됩니다. 아이가 잘해 주기 바라는 마음은 엄마의 욕심일 뿐입니다. 그런데 이러한 욕심이 아이에게는 큰 상처가 될 수 있습니다. 그래서 아무리 훌륭한 선생이라도 제 아이는 못 가르친다는 말이 나오는 것입니다. 이러한 이유 때문에라도 엄마는 엄마 역할에만 충실하면 되지 선생 역할까지 할 필요는 없다고 봅니다.

결국 채린이는 한글을 일찍 시작했지만 그렇다고 빠르게 뗀 것은 아닙니다. 하지만 나중에 한글 자모의 원리를 공부하자 금세 터득했습니다. 아이가 한글을 배우면서 받았을 스트레스를 생각하면 굳이 어려서부터 시킬 필요가 있었나 하는 회의가 든답니다. 적정 나이가 되었을 때 시작했으면 성취감도 느끼면서 즐겁게 읽기 활동을 할 수 있었을 텐데 말이지요. 그래서 둘째 채율이는 최대한 그 시기를 꽉 채워 시작하려고 했는데, 가르쳐 주지 않았던 글자들을 읽더니 많은 부분을 혼자 터득했습니다. 자기가 좋아하는 공룡책의 공룡 이름들을 읽으면서 엄청난 속도로 읽기 능력이 신장했습니다. 한글을 익히는 것은 기술적인 문제이지 공부를 잘하느냐 못하느냐의 척도가 아닙니다.

일선에서는 초등학교 1학년 받아쓰기를 폐지하자는 움직임도 일고 있습니다. 맞춤법 교육은 한글 자모 구조의 논리적 설명을 이해할 수 있는 3학년이 되어서나 해야 하고, 1학년은 그저 한글을 읽는 즐거움을 갖도록 하는 것이 교육적인 의미가 있다는 이유에서입니다.

"자녀 교육은 일찍부터 작은 것을 완성시키려고 할 필요가 없다. 어떤 틀에 끼워 맞추라고 강요하면 그러한 억지는 언젠가 드러나고 만다. 오히려 거목으로 자랄 수 있게 뿌리를 내리게 해 주는 일이 가장 중요한 일이다." 이케다 다이사쿠의 《여성에게 드리는 글 365일》에 나와 있는 글입니다. 기다리고 인내하고 믿어 주는 일. 이것이 한글 교육을 포함한 모든 인지 교육에서 필요한 엄마의 자세가 아닌가 싶습니다.

맏이 스트레스 해소하기

제가 채율이를 임신했을 때 채린이를 많이 신경 썼습니다. 둘째가 태어나면 아무래도 첫 아이에게 해 주던 대로 다 해 줄 수 없게 될 거란 생각이 들어서였습니다. 그래서 임신 중 여행도 많이 다니고 동생이 생기면 어떻게 해야 하는지에 대한 책도 많이 읽어 주었습니다. 그리고 채린이에게 동생은 아무것도 할 줄 아는 것이 없기 때문에 우리가 많이 도와줘야 한다고 늘 얘기해 뒀죠. 이렇게 하면 맏이 스트레스를 잘 극복할 수 있을 거라 생각했답니다. 그런데 막상 둘째를 낳고 보니 모든 상황이 생각만큼 쉽게 해결되는 건 아니더라고요. 엄마는 한 명인데 아이 둘을 봐야 하니 그만큼 손길이 덜 갈 수 있다는 것을 준비시키는 것이 더 현실적 대비였을 것입니다. 둘째에 대한 첫째의 질투나 공격은 예상보다 심했고 이로부터 둘째를 지켜야 했기에 저의 감정 또한 중립적이지 못했습니다. 제가 예상치 못한 가장 큰 변수는 바로 둘째에 대한 애정이 첫 아이에 대한 애정을 능가한다는 사실이었습니다.

모든 걸 빼앗기는 상실감을 맛보게 된 첫째가 둘째를 공격하는 건 어찌 보면 당연합니다. 심리학자 알프레드 애들러는 출생 순위가 성격 형성에 미치는 영향을 분석했습니다. 그에 따르면 맏이는 처음에 부모로부터 온갖 사랑을 받습니다. 하지만 동생이 생기면서 그 사랑이 반으로 줄어드는 심리적 고충을 겪어야 합니다. 새로운 왕인 동생이 생기면서 폐위된 왕으로 전락하게 됩니다. 그러면서 평생의 숙적을 얻게 되는 것이지요. 독차지하던 부모도 빼앗기고 심지어 혼자 가지고 놀았던 장난감마저 넘겨줘야 합니다. 책을 읽을 때 역시 동생의 방해를 받게 되지요. 이러면서 맏이는 모든 상황을 예전으로 되돌리고 싶어 합니다. 그러면서 발생하는 상황 때문에 부모와의 거리감이 더욱더 생겨납니다. 그러면서 자신의 위치를 지키려고 노력하며 보수적으로 변해갑니다.

제가 아이들을 키우면서 평생의 과제라고 생각하는 것이 첫째의 감정을 많이 존중하고 이해해 줘야 한다는 것입니다. 어른인 저도 아이 하나 늘어날 때마다 힘든데 아이인 채린이는 오죽하겠느냔 생각이 많이 듭니다. 가족 구성원이 늘면서 자신이 가진 능력을 짜내고 역량을 키우느라 지치는 것은 비단 엄마만이 아닙니다. 첫째도 마찬가지입니다. 게다가 첫째에게는 동생을 잘 돌보라는 역할까지 주어집니다. 아이들이 똑같은 잘못을 해도 첫째에게는 나이를 들먹이며 관대하지 못한 모습을 보이기도 합니다.

저는 이러한 상황을 슬기롭고 현명하게 대처하기 위해 다음과 같은 방법을 사용했답니다.

1. 채린이에게 '가족'이란 개념을 정립시켜 줬어요.

2. 그리고 동생 돌보는 일에 동참을 시켰어요. 주요 업무인 기저귀나 물티슈 가져오기 담당을 맡기고 '기저귀 반장'이라는 직책도 주었답니다. 그리고 목욕시키기도 함께 했습니다. 어떨 땐 기저귀 반장이라는 것에 사명감까지 가지고 있는 것으로 보였답니다.

3. 동생 앞에서 첫째 칭찬을 참 많이 해줬어요.
"동생은 이런 거 못하는데, 우리 채린이는 잘 하네~"
그리고 동생이 채린이를 존경한다는 얘기도 자주 해 줬답니다.
"동생이 채린이를 많이 존경하나 보다. 존경이라는 건 너무 멋져서 닮고 싶다는 거거든. 채린이는 변기에 쉬야도 잘 하고, 옷도 혼자 잘 입고~

정말 멋지니까 채율이가 존경할 수밖에 없지."

"채린아, 봐. 채율이가 널 존경의 눈빛으로 쳐다보고 있지."

이런 얘기를 매일같이 해 줬답니다.

4. 채린이를 위해 동생을 낳은 거라 설명해 주었답니다.

"채린이가 혼자 지내기에는 많이 심심할 것 같아 평생 친구를 만들어 준 거지. 그리고 너희가 밖에서 싸우거나 당하는 일이 생기면 서로 지켜 주라고 낳은 거야. 채율이가 누나를 지켜 줄 거야."

채린이는 이 얘기를 마음에 들어 하더라고요. 가끔가다 한 번씩 물어본답니다.

"엄마, 동생 왜 낳은 건지 얘기해 주세요~"라고요.

5. 채율이는 누나가 있어서 채린이 아기 때만큼 사랑도 못 받을 뿐더러 엄마는 채린이랑만 놀아 주고 있기 때문에 채율이가 가엾다고 말해 줍니다. 그리고 채린이랑 더 많은 시간을 보내려 노력하고요. 어차피 둘째 수유 시간이나 잠 재울 시간에는 첫째를 그만큼 못 보게 되니 말이지요.

6. 동생이 미운 감정은 엄마도 이해한다고 공감해 줍니다. 물론 여기서 그치면 안 되고 첫째의 처지와 고충이 무엇인지 얘기해 주면서 "어린 나이인 네가 그걸 다 겪어야 하니 얼마나 힘들지 보는 엄마도 마음이 아파. 그렇지만 그런 것들을 잘 해내고 있는 너를 보면 정말 대견하단다"라고 말해 줍니다.

가족애는 일부러 만들려 하지 않아도 저절로 형성될 수 있습니다. 하지만, 아이의 눈높이에서 아이를 많이 이해해 주고 존중해 주면 가족애가 좀 더 건강하게 형성되지 않을까 싶네요. 지금도 채린이는 채율이가 싫다고 얘기하기도 하는데 놀 때 보면 동생이 없었으면 어쩌나 싶을 정도로 환상의 호흡을 보이고 있습니다. 저랑 노는 시간보다 동생과 노는 시간이 점점 늘어가고요. 세상에서 둘도 없는 멋진 한 팀이 될 거라 믿어 의심치 않습니다.

채린이는 또 셋째 채이를 동생으로 맞이하게 되었습니다. 첫째와 셋째는 잘 맞는 구석이 있더라고요. 동생을 경험해 본 터라 맞이하는 마음가짐부터가 달랐겠지요. 물론 동생을 처음 맞이한 둘째 채율이는 채이와 부딪히는 경우가 종종 있습니다만 채율이도 누나가 있고 형제 관계의 경험이 있어서 그런지 생각했던 것보다 동생과의 관계를 잘 맺어 나가고 있습니다. 채린이 채율이가 채이를 돌보는 걸 보면 저보다 더 애틋할 때도 많습니다.

첫째들은 자기 위치 때문에 동생들보다 가정 내에서 더 많은 스트레스를 받을 수 있습니다. 엄마가 이를 인식하고 아이를 보듬어 주면 자신의 위치에서 발휘할 수 있는 역량으로 인해 사회에 나가 더 큰 힘을 발휘하게 될 겁니다. '맏이 그릇'이란 말이 그냥 나온 것은 아니겠지요.

보라색을 좋아하는 채린이, 문제가 있는 걸까?

지금은 내 아이들에게 민감하게 반응하지 않는 편인데, 예전엔 모든 면을 하나하나 신경 썼던 적이 있었습니다. '혹시 내 아이가 이상한 건 아닐까? 이 행동은 무슨 문제가 있는 건 아닐까?' 하면서 말이지요.

대표적인 예가 채린이가 보라색을 좋아하는 것에 대해 예민하게 받아들였던 것인데요. 물론 지금 생각하면 웃음만 나온답니다. 채린이는 색깔을 인지하면서부터 보라색에 완전히 빠져 버렸습니다. 무엇이든 보라색만 고르고, 동물원에 놀러가서도 "엄마, 저 말은 저녁이 되면 보라색으로 변할 거야"라 말할 정도였습니다. 물론 아이가 한 가지 색에 집착할 수 있습니다. 그런데 공교롭게도 그토록 선호하는 색이 보라색이다 보니 걱정이 되었습니다. 보라색은 애정 결핍이나, 허약함의 의미로 해석되는 경우가 많기 때문입니다. 주변 엄마들도 보라색에 집착하는 행동이 문제가 있는 것 같다고 거들면서 더욱 심각하게 받아들이게 되었습니다.

그러던 중 《유아 문제 행동의 특징과 지도 방법》이란 책을 읽게 되었어요. 아이의 문제 행동에 대한 해석과 대처 방법을 서술한 이 책에서는 아이의 행동을 자연스럽게 받아들이지 못하고 문제시하는 게 더 큰 문제라고 하더군요. 선호 색깔 진단의 경우 미국의 한 유치원 원장이 3세 이전 유아의 심리가 색채로 나타난다는 내용의 논문을 내면서 유행처럼 번진 것이라고 합니다. 그리고 대부분의 관점은 이 발표가 확대 해석된 것이기 때문에 아이가 색맹이 아닌 이상 색에 대한 선호를 문제 삼는 것은 위험한 일이라고 나와 있었습니다.

그 글을 읽고 저는 또 한 번 반성했답니다. 저는 채린이 100일이 지난 후 복직을 해서 12개월이 되었을 때 일을 그만두었습니다. 그 뒤로 5개월간은 파트타임으로 일했고요. 그 때문에 아이에게 죄책감이 좀 있습니다. 그래서 '애착 관계'라든지 '애정 결핍'이라는 소리만 들어도 과민 반응을 보이게 되더라고요. 그도 그럴 것이 채린이는 손가락도 빨고, 만화 〈스누피〉에 등장하는 아이처럼 이불에 대한 애착도 컸습니다. 하지만 품에 끼고 키운 채율이나 채이 역시 또 다른 집착이 있는 걸 보면 이런 것들은 자연스러운 과정이 아니었나 싶습니다. 아이의 발달단계를 잘 몰라 더 민감하게 반응했던 것이지요.

엄마와 아이의 애착 관계는 중요합니다. 아이의 사회성을 결정짓기 때문입니다. 그렇다고 아이와의 애착 관계에 대해 불안해 할 필요도 없습니다. 지금은 채린이가 특정 색에 집착하지 않고 여러 색을 다 사용합니다. 사실 채린이가 보라색 홀릭이었다는 것도 아주 까마득한 일처럼 느껴지네요. 지나고 나면 아무 일도 아닌데 이를 확대해 문제로 키우는 과오를 범하기도 합니다. 하지만 이러한 과정 속에서 아이를 믿고 기다려 주는 게 아이를 사랑하는 방법이라는 것도 배웁니다.

유치원 재밌게 만들기

채린이를 처음 교육기관에 보낼 때 나름대로는 잘 준비했고, 아이가 다닐 유치원에 미리 방문해 볼 때마다 활기차게 잘 놀아 별 걱정이 없었습니다. 그런데 막상 유치원에 입학하고 나니 상황이 달라졌지요. 한 달 반 정도 일관되게 등원 거부를 한 것입니다. 등원 거부. 이것이 제가 육아를 하면서 가장 힘들었다고 꼽는 일 중 하나랍니다. 이 때 학교 도서관에서 등교 거부나 분리 불안에 대한 논문들까지 찾아 읽었던 기억이 나네요. 그런데 이때가 엄마와 잘 떨어질 수 없는 나이였다고 합니다. 엄마와 떨어지면서 우는 것이 자연스러운 것이라고요. 그렇지만 아침마다 유치원에 안 가겠다고 울며불며 떼쓰는 아이와 실랑이하기란 여간 힘든 일이 아니었답니다. 그렇다고 아이를 그만두게 할 생각은 없었습니다. 지금 같았으면 잠시 멈췄다가 아이가 준비되어 있을 때에 보내는 것도 방법이라 생각했을 텐데, 그땐 "지금 적응하지 못하면 그 기억이 남아 내년엔 더 보내기 힘들어진다"는 원장 선생님의 말씀이 두려움과 함께 마음에 걸렸습니다. 그래서 이런 저런 방법을 다 동원해 적응하도록 만들었지요.

다음은 채린이를 유치원에 적응시키기 위해 제가 사용했던 방법들이에요. 참고해 보세요.

1) 자부심 심어 주기

채린이가 아침에 일어나자마자 하는 얘기는 "엄마 나 유치원 재미없어. 거기 안 갈 거야"였습니다. 그럴 때면 저는 "채린이가 유치원이 재미없다고 생각하는구나. 그런데 말이지. 유치원은 채린이 생각대로 원래 재미없는 곳일 수도 있어. 그런데 채린이가 재미있게 만들면 진짜진짜 재밌는 곳이 될 수도 있지. 유치원을 재밌게 만드는 것은 채린이한테 주어진 숙제야. 잘할 수 있지?"

이렇게 말해 주었습니다. 그러면 좋다고 대답하고 웃으며 등원하기도 합니다. 인간의 행동은 마음가짐에서 비롯되는 것입니다. 아이가 커다란 벽에 부딪혔을 땐 “네 믿음만 있다면 세상 모든 것들은 네게 ‘가능하다’의 의미로 다가갈 것이다”는 메시지를 계속 줘야 합니다.

그렇게 한 달 반이 지나 아이가 기관 생활에 잘 적응하고 등원 거부도 없어졌을 때 이 과정을 계기 삼아 아이에게 성공 경험을 쌓아 주었답니다.

“채린아! 거 봐, 넌 무엇이든지 해낼 수 있는 아이지? 네가 유치원을 즐거운 곳으로 만들었잖아~. 엄마는 네가 정말 자랑스럽다. 엄마는 믿고 있었어. 우리 채린이가 해낼 거란 걸! 채린이가 유치원을 즐거운 곳으로 만들어 낸 거야. 사랑해!”

이러면 세상에서 가장 뿌듯한 아이의 얼굴을 했답니다. 아이가 기관에 다니고 거기에 적응해 나가는 과정에 자부심을 심어 준 것이지요. ‘우리 인생에서 가장 값진 보석은 노력 끝에 얻게 되는 무엇이 아니라 그 과정에서 만들어지는 우리 자신의 모습이다’라고 존 러스킨이 말했지요. 노력해서 변화시킨 것에 아낌없는 격려와 칭찬을 해주었답니다. 기관 적응이라는 과제는 채린이가 인생에서 첫 번째로 겪은 가치 있고 위대한 성공과 성취의 경험이었습니다.

2) 칭찬하기

칭찬은 자기 효능감을 길러 주는 기능적 말입니다. 칭찬에도 일종의 테크닉이 필요합니다. 너무 과해도 독이 될 수 있으니 아이의 행동을 구체적으로 짚어 해 주는 것이 좋다고 하지요. 저는 채린이가 행동을 잘할 경우 즉각적인 피드백을 주었어요.

"와~ 채린이 놀이 학교 가더니 이것도 이렇게 잘 해내는구나."

이렇게 교육기관과 연결해서 칭찬했습니다. 그리고 주변 사람들에게 부탁해서

"채린이~ 놀이 학교 가더니, 정말 잘하는구나! 멋져!"

라는 얘기를 많이 듣게 해주었답니다.

3) 기관의 커리큘럼 따라잡기

요즘은 대부분의 교육기관에서 주간 계획표를 가정으로 보내 주기 때문에 유치원의 교육 내용을 대부분의 엄마가 알고 있습니다. 저는 유치원에서 했던 교육이나 놀이를 집에서 반복해 주거나 커리큘럼에 있는 것들을 예습하는 방법을 사용했어요. 그리고 채린이가 한 것들을 많이 칭찬했고요. 유치원에서 우리 채린이가 어떤 부분을 어떻게

잘했는지 구체적으로 언급해 줬더니 자신감도 갖더라고요. "엄마 내가 우리 반에서 그림도 제일 잘 그리고 노래도 제일 잘해"라고요. 아이들의 세계는 사적이고 주관적으로 구성되는 것이기에 사실 여부는 중요하지 않습니다. 자신이 느끼는 세계가 그 아이의 전부이기 때문입니다. 그러면 된 것이죠. 어차피 조금만 더 크면 경쟁 관계 속에서 자기 자신을 바로 볼 기회가 매우 많습니다.

4) 좋아하는 친구 만들기

채린이가 유치원 부적응 시절 선생님께서 좋아하는 친구를 만들면 적응이 빨라진다고 조언해 주셨습니다. 그래서 채린이와 놀이 학교 사진을 같이 보면서 한 명을 집어 "이 아이 너무 멋지다~ 너무 예쁘게 웃는구나~"하며 관심을 유도했습니다. 그리고 그 친구와 하원 후에 만나 놀기도 하고 많은 시간을 보냈답니다. 처음에는 별 반응이 없더니 나중엔 정말 그 친구를 좋아하게 되었습니다. 친구는 채린이의 기관 적응 일등 공신이라 해도 무색하지 않을 정도로 아주 큰 도움이 되었죠. 어른들도 좋아하는 사람이 있는 곳은 자꾸 가고 싶은 마음이 들잖아요. 마찬가지로 기관에 적응하기 위해서는 친구를 좋아하는 방법이 실질적인 효과가 있습니다.

5) 자존감 세워 주기

유치원 적응을 마치면 학부모 상담이 시작됩니다. 저는 이때 "오늘 최고의 어린이를 뽑는다더라. 채린인 누가 될 거 같아?"라고 물었더니 친구 이름을 대더라고요.

그래서 상담을 마치고 이야기해 주었습니다. "채린아, 오늘 놀이학교에서 최고의 어린이를 여러 명 뽑았는데 네가 최고의 어린이가 되었어. 물론 몇 번 울긴 했지만 선생님들이 네가 잘 적응해서 신나게 놀 수 있는 아이라는 걸 알아보신 거지. 엄마가 아주 으쓱했단다. 네가 엄마 딸이란 게 자랑스러워~." 이 말을 듣고 채린이는 아주 기분 좋아 했어요. 등원하는 길에도 "나는 박채린이야. 나는 최고야!" 이런 말을 큰 소리로 같이 하면서 등원하기도 했답니다. 저에게는 정말 좋은 추억으로 남아 있습니다.

6) 무조건 존중해 주기

심리학자 로저스의 자기 이론에 따르면 0세부터 3세까지 아이에게 무조건적 존중을 해 주면 그 아이는 '충분히 가능한 인간'이 될 수 있다고 합니다. 반대로 조건 존중을 하게 되면 심리적 긴장을 경험하여 건강한 삶을 살 수 없다고 하네요. 그래서 채린이의 말을 충분히 잘 들어주고 공감하며 "채린아! 엄마는 늘 너를 자랑스럽게 생각하고 있는 그대로의 너를 사랑한단다!"는 표현을 자주 했습니다. 아이가 곤히 잠들어 있을 때도 머리를 쓰다듬으며 속삭이기도 했습니다. 잘 때 해 주는 이야기는 무의식에 자리 잡게 된다는 말을 들은 적이 있어서 말이지요. 조건을 달지 않고 엄마가 언제 어디서나 내 존재 자체를 사랑해 준다는 믿음과 확신만으로도 아이는 잘 자랄 수 있습니다.

7) 함께 있다는 것 알려 주기

유치원에 가 있는 동안 엄마랑 비록 떨어져 있지만 마음은 늘 함께 있다고 알려 주었습니다. 그래도 엄마 얼굴이 정 보고 싶으면 가방에서 꺼내어 보라고 제 사진을 넣어 두었죠. 이때의 기억이 남아 있는지 채린이는 지금도 가끔 가방에 가족사진을 넣어 다니곤 합니다.

저는 채린이의 경험을 통해 채율이를 유치원에 처음 보낼 때 준비를 좀 더 철저히 했습니다. 그럼에도 불구하고 채율이 역시 유치원에 적응하는데 2~3주의 시간이 걸렸답니다. 누나와 함께 다녀 누나 덕을 많이 보았음에도 말이죠. 이번에는 채린이 때만큼 심리적인 힘겨움을 경험하진 않았답니다. '아이들은 기관에 적응하기까지 많이 힘들어하고 시간이 걸린다'는 것을 경험적으로 알고 있었기 때문이지요.

채율이 때 사용했던 노하우도 간략히 소개할게요.

1. 유치원 적응 동화를 읽고, 유치원에 대한 배경지식 형성하기
2. 제자리에 앉아 밥 먹기, 치카치카하기 등 생활 습관과 규칙 익히기
3. 유치원은 엄마와 떨어져 친구와 선생님들과 즐겁게 노는 공간이라는 인식 심어 주기
4. 분리 불안 없애기- 스킨십 많이 하기, 사랑한단 표현 많이 해 주기
5. '형'이 되었다는 인식 심어 주기- 형이 되어서 할 수 있는 것도 많아지고 더 멋져졌단 얘기해 주기
6. 어린이집 익숙하게 만들기- 어린이집 앞에서 등원하는 형들을 보며 "저렇게 선생님한테 인사하고 엄마랑도 인사하고 유치원에 들어가 즐겁게 노는 거야." 이야기해 주기

사랑에는 기술이 필요하다고 하잖아요. 매번 방법을 몰라 고민하기보다는 기술을 익혀 아이에게 써먹는 엄마가 되어야겠다고 생각합니다. 인내심을 많이 요하는 힘든 육아를 현명하게 이끌 방법은 공부하는 길 뿐인 것 같네요.

친구와의 갈등 풀기

갈등은 인간이 맺는 모든 관계 속에 존재합니다. 아이들이라고 언제나 평화 속에 있진 않겠죠. 하지만 아이가 어른과 다른 점은 대처할 힘이 부족하다는 것입니다. 이런 힘을 엄마가 미리 아이의 내면에 채워 주면 기관 생활에 큰 도움이 됩니다. 아이가 겪는 갈등은 다양하지만 패턴은 정해져 있습니다. 채린이가 4살 때 유치원에서 겪었던 갈등 상황이나 7살이 되어 겪는 갈등 상황이 크게 다를 바 없습니다. 친구와의 갈등에선 주로 말 때문에 상처 받고 힘들어 합니다. 그러니 이러한 상황에 대처할 말을 아이에게 제시해 주고 연습해 보면 갈등 해결에 도움이 될 수 있답니다.

채린이는 보통 친구가 자기의 가치에 반하는 말을 할 때 속상해 합니다. 예를 들면 "채린이 미워"라든지 "네가 입은 옷 안 예쁘다"는 식의 말이지요. 아이라서 이런 말을 들으면 당연히 심리적 고통을 겪기 마련입니다. 그때 엄마가 아이 마음을 어루만져 주는 일이 우선되어야겠죠.

"채린아, 친구가 그런 말 했을 때 많이 속상했겠다. 엄마도 그런 말 들으면 많이 속상할 것 같아. 그런데 채린이는 자신에 대해 어떻게 생각해? 채린이가 스스로를 괜찮다고 여기면 남들이 뭐라고 하든 크게 상관이 없을 것도 같아. 그치?"

그 다음엔 너를 나쁘게 말하는 것들을 주의 깊게 듣고 일리가 있다면 나를 돌아보고 그렇지 않다면 딱히 담아둘 필요가 없다고 가르칩니다. 모든 사람이 나를 예쁘게 봐줄 수는 없습니다. 세상 모든 사람을 만족시킬 필요도 없습니다. 나를 비판하는 사람은 당연히 있을 수 있습니다. 예쁘게 봐주면 감사한 것이고 그렇지 않더라도 개의할 바는 아닙니다. 그로 인해 내 삶이 휘둘려선 안 될 것입니다. 내 삶의 행복은 내가 주관하는 것이지 남이 가져다주는 것은 아닙니다. 내가 행복하면 남들이 대하는 태도가 어떻든 행복할 수 있는 것입니다.

그래서 저는 채린이가 친구의 말로부터 상처를 받고 오면 이렇게 말해 보라고 알려 줍니다. "괜찮아. 나는 나를 아주 사랑하고 우리 엄마도 나를 사랑해. 네가 날 미워하는 건 나한테 상관없는 일이야. 네가 어떻든 난 우리 반 모두를 사랑해"라고요. 그러면 이 말을 따라 하는 과정에서 나름의 카타르시스가 있어 아이의 마음의 응어리가 풀립니다. 어렸을 때는 자기가 잠시 가짜 유치원에 다녀온다고 하며 이 말을 똑같이 따라 하더라고요. 말하는 도중 잊으면 "엄마, 그거 다시 한 번 더 말해 줘요"라고도 하고요.

또 친구가 채린이 그림이나 책 읽는 것을 부정적으로 평가하면 "네가 나한테 잘한다 못한다 말하는 건 나에게 상관이 없어. 내 안에 좋은 것들이 얼마든지 잘한다고 말하니까. 앞으로는 나한테 신경 쓰지 말고 네 그림에 신경 쓰도록 해"라거나 "그럼 네가 좀 가르쳐 줄래?"라는 등 하고 싶은 말은 하게 합니다. 그리고 역할극을 유도합니다. 제가 그 학생이 되어 얘기하고 채린이는 채린이 입장에서 이야기하게끔 말이지요. 이렇게 연습하다 보면 어느새 속상했던 마음이 풀리고 자기 나름의 대처 방법도 생깁니다.

저는 우리 아이들이 칭찬이나 비난에 일희일비하지 않고, 그런 것에 크게 동요하지 않는 아이로 자라길 바랍니다. 그러기 위해서는 '나는 괜찮은 사람이다'라는 확신이 있도록 키워야겠지요. 남을 의식하는 데에 시간을 낭비하지 않고 자신이 목표한 바에 묵묵히 다가가 뜻을 이뤄낼 수 있다면 남들의 인정이 인생의 큰 변수가 되지는 않을 것입니다.

우는 채린 달래 주기

엄마의 상황이 괜찮을 땐 아이의 상황도 보듬을 여력이 됩니다. 하지만 그렇지 않을 때는 아이를 이해하기 어렵게 됩니다. “이렇게 해라 저렇게 해라” 잔소리와 “다 너를 위한 일인데 왜 안하니?”라는 질책은 아이를 사랑하는 마음이 각박해졌을 때 생기는 태도입니다. 아이가 어렸을 땐 사랑이 가득한 말들만 하다가도 아이가 성장하고 해야 할 일이 늘면서 갈등 상황이 늘게 되지요.

채린이는 7살이 되더니 자기 뜻대로 되지 않는 일이 있으면 토라져 침대로 가 눕는 버릇이 생겼습니다. 제가 이를 풀어 주려고 해도 받아들이지 않고 혼자만의 시간을 가지려고 하죠. 그럼 저는 “채린이, 지금 마음이 많이 아프구나. 엄마가 기다려 줄게”라고 말해 줍니다. 아이의 마음을 아무리 다독여도 소용이 없을 땐 시간을 둡니다. 감정이 수그러들 시간을 버는 것이지요. 그리고 시간이 지난 다음 아이와 대화해 보고 왜 이렇게 속상한지에 대해 설명을 듣습니다. 그래야 대화가 잘 진행됩니다.

아이가 슬퍼하거나 화난 상황일 때는 그것에 맞서 대응하지 말고 감정이 일단 가라앉을 때까지 기다리거나 감정이 가라앉는데 도움이 되는 말을 해 줘야 합니다. 간혹 채트리오 아빠는 "그런 일은 네가 슬퍼할 일이 아니란다"라고 조언합니다. 물론 감정의 방향이 잘못 잡혀 슬퍼할 일이 아닌데 슬퍼할 때도 있지요. 하지만 저는 아이가 슬프다면 슬픈 것이라고 생각해서 "아, 그래서 슬펐구나"하며 일단 아이에게 일어난 감정을 그대로 받아 줍니다. 그러면서 아이의 마음을 읽는 것이지요. 그런 다음 '웃음으로 눈물 닦기'(서울대학교 김대행 교수님이 사용한 표현으로 한국 언어 문화에는 '웃음으로 눈물 닦기'란 특질이 있다고 했죠. 즉, 웃음에 비애의 정서를 해소하려는 의도적 행위가 담겨 있다는 것입니다)를 시도합니다. 슬픈 상황과 이때의 채린이의 감정이 무엇인지를 설명해 주고 슬픔의 감정을 후~ 불어 호흡으로 내보냅니다. 그런 다음 옆구리나 목 쪽에 엄마 입을 대고 '푸~'하며 좋은 감정을 불어넣어 주는 것이지요. 그러면 아이도 이내 웃음을 터트린답니다. 제가 기분이 안 좋을 때 이 방법대로 자기의 좋은 기분을 불어 넣어 준다고 할 때도 있고요.

아이가 울며 짜증 내는 이유는 정말 하찮은 것일 때가 많습니다. 그럴 땐 "울지 마", "짜증 내지 마"라고 이야기하는 것보다 그 감정을 다스릴 방법을 제시해 주는 것이 좋습니다. 채린이가 자기가 만든 것이 동생이 만든 것에 비해 이상하다며 짜증 내면서 우는 것을 보았습니다. 먼저 감정을 잘 다스릴 수 있도록 이야기를 해 줍니다.

"네 안에 짜증이란 녀석이 올라왔는데 그 녀석이 너를 휘두르고 있구나. 그런데 채린아, 잘 생각해 봐. 짜증이 너의 주인이니? 네가 짜증의 주인이니?"

그러면 잘 생각했다가 자기가 짜증의 주인이라고 대답하지요.

"그래, 네가 짜증의 주인이니까 짜증이 올라오면 '짜증 네 이 녀석, 나를 이끌려고 하지 마! 너는 내가 주인이니까 내가 다스릴 수 있어'라고 얘기해 봐."

그랬더니 채린이가

"엄마, 나 감정 조절이 안 돼서 속상했어. 지금도 그게 잘 안 돼서 속상해."

라고 울면서 얘기하더라고요.

"그래, 맞아. 그건 어른도 힘든 일이야. 하지만 네가 이렇게 알아

차린 것만으로도 감정 조절의 반은 해낸 거야. 정말 훌륭해. 아까 네가 만든 게 이상하다고 했지? 다시 만들어 보자."

"네, 엄마가 옆에서 도와주세요."

이렇게 대화하고 채린이 방에서 다시 만들기 작업을 했습니다. 아주 뿌듯해 하는 작품이 하나 나왔죠. 제가 아이에게 이런 설명을 할 때 채트리오 아빠는 옆에서 제가 다 받아 주니 아이들이 변화하지 않는다고 하더라고요. 어제도 그랬는데 오늘 또 짜증내고 우는 걸 보면 그렇다고 말입니다. 맞는 얘기입니다. 그렇지만 어른도 행동이 수정되는데 시간이 꽤 걸리듯 아이들도 그렇습니다. 한 가지 행동이 자리 잡기 위해선 최소 21일을 반복해야 한다는 말이 있잖아요. 이러한 시간이 흐르고 쌓여 아이는 자랍니다.

채트리오 아빠는 아이가 말을 안 들을 때 엄하게 야단치고, 그래도 아이가 말을 안 들으면 내쫓아서라도 정신 차리게 해야 한다고도 합니다. 물론 저도 마음의 힘이 없을 땐 그렇게 합니다. 아이의 짜증을 받아 줄 수 없기 때문이지요. 그럴 땐 아이를 기다려 줄 수가 없습니다. 하지만 이렇게 아이를 겁주고 혼내고 나면 아이의 마음엔 자기 행동에 대한 반성보다는 내쫓긴데 대한 공포만 가득해집니다. 그래서 제가 여력이 되고 할 수 있을 땐 설명을 충분히 합니다. 아무래도 후자가 더 효과가 높다는 것을 알기 때문이지요.

아이가 짜증 내거나 울 때 아이의 모습을 그대로 따라해 보는 것도 방법입니다. "엄마가 채린이야." 채린이 말과 행동의 거울이 되는 것이지요. 때로는 채린이에게 그걸 바라본 소감이 어떤지도 묻습니다. 아이의 모습을 객관화시키는 것이지요. 자신의 모습을 객관적으로 바라보는 것은 큰 능력입니다. 인간은 자기의 잘못을 인정하는데 서툴고 합리화하려는 속성이 있기 때문이지요. 하지만 나 자신으로부터 떨어져 나와 나를 바로 보면 발전할 수 있습니다.

다음 방법은 제가 아이들과 읽었던 동화책 내용을 응용한 것입니다. 아이들 짜증이 많아졌을 때는 밖에 나가 짜증을 털고 옵니다. 옷을 털면서 몸에 있는 짜증도 털어 내는 것이지요.

"짜증 잘 가라. 내 몸에 붙어 있지 말고 떨어져라."

또 어떨 때는 땅을 파서 짜증을 묻어 주기도 합니다. 못 나오도록 위에 돌을 얹기도 하고요.

그리고 엄마의 처지를 이해시키는 것도 도움이 됩니다. 하루는 함께 미술 놀이를 하고 난 다음 정리해야 하는 상황에서 채린이가 "엄마가 준비해 놓은 걸 어질렀으니 치우는 것도 엄마가 하세요." 이러는 겁니다.

"엄마는 재료를 준비했고 활동은 너희가 했으니 다 같이 치우는 것이 맞다고 생각해."

그런데 이 말을 마치자마자 채율이가 먼저 "엄마, 죄송해요~"하며 와락 안기는 거에요. 그래서 저도 채율이를 안아주고 뽀뽀를 했습니다. 그랬더니 채린이가 소리 없이 소파에서 울더군요. 그래서 채린이에게 다가가 말했습니다.

"엄마가 요즘 솔직히 걱정을 많이 해. 채린이에겐 동생 둘이 생기고 이제 엄마는 아이가 셋인데… 너희에게 좋은 엄마가 될 수 있을까, 더 큰 사랑이 생길 수 있을까 하고 말이야. 채린아, 엄마 좋은 엄마 할 수 있을까?"

그랬더니 채린이가 "네!" 대답해 주더라고요. 이런 경우 일이 복합적이지요. 정리 때문에 엄마와 갈등을 빚었는데 동생이 들이닥쳐 기본적으로 가진 맏이 스트레스가 작동했기 때문입니다. 이럴 땐 아이를 나무랄 것이 아니라 엄마의 입장을 설명해 주는 것이 효과적입니다.

표면에 드러난 갈등을 해결하려 들면 한도 끝도 없습니다. 그저 마음을 표현하고 이야기 나누면 스르르 해소될 수도 있는 것이 많지요. "잘 지내고 싶다." "사랑받고 싶다." "인정받고 싶다." "걱정된다." 이런 이야기들을 표현하려 노력해 보세요. 아이의 짜증이나 슬픔을 해결하는 데 큰 도움이 될 것입니다.

제가 가장 큰 효과를 본 것은 짜증 멍멍이 이야기입니다. 우리 안에는 여러 감정의 멍멍이들이 사는데 밥을 가장 많이 먹인 멍멍이가 마음을 차지하게 된다는 것입니다. 아이가 밑도 끝도 없는 짜증을 부릴 때 "아, 지금 짜증 멍멍이에게 밥을 주고 있구나"라는 말로 아이의 모습을 객관화시켜 줍니다. 그리고 짜증 멍멍이에게 자꾸 밥을 많이 주면 짜증 멍멍이가 점점 커지고 반대로 기쁨 멍멍이에게 밥을 많이 주면 기쁨 멍멍이가 자주 나타난다고 이야기해 줍니다.

마음이 아픈 아이를 아픈 채로 내버려 두면 상처가 남습니다. 노력이 필요하고 시간이 걸리더라도 사랑으로 풀어 주세요. 아이는 또 해맑은 모습으로 엄마 품에 안길 것입니다. 육아는 아이의 정서를 매만져 주는 것에 참 많은 시간을 요합니다. 아이를 다그치고 혼내는 대신 설명하고 감싸 주면 아이 안의 좋은 성품이 기능하게 됩니다. 그러면 그 기간 동안 육아가 수월해지는 것이지요. 아이와 팽팽하게 대립할 것이 아니라 마음을 더 크게 써서 아이를 기능하게 만드는 것이 엄마의 지혜입니다. 물론 이것이 가장 어려운 일이기도 하지요. 그냥 아이를 위해 마음을 한 칸 더 넓힌다 생각하고 아이를 대해 봅시다. 아이의 힘든 감정을 달랠 수 있는 내 마음의 힘이 생겨날 것입니다.

손가락 빨기 뚝!

채린이는 4살 때까지 손가락을 빨았습니다. 그래서 교정 기구도 이용해 보고, 손가락에 약도 발랐습니다. 손가락에 사람 얼굴을 그려 주고 "이건 엄마 얼굴이니 빨아서 지우지 마~" 라고도 해봤는데 도통 소용이 없었습니다.

이화여대 심리학과 김재은 교수는 손가락을 빠는 것은 일종의 쾌감이나 안정감을 주는 행위로 손가락 빠는 일에 몰두해 다른 아이와 놀이를 하지 않는 정도가 아닌 이상 애정 결핍에 대해 죄의식을 느낄 필요가 없고, 아이가 잘 때 마음의 안정이나 위안을 맛보면서 자고 싶어 하는 자연스러운 욕구로 받아들이면 된다고 했습니다. 전 이 글을 읽고 좀 더 여유를 가지기로 마음먹었습니다.

심리학자 에릭슨의 방법대로 "4살 땐 손가락 빠는 아이들이 많대. 4살까지만 빨고 5살 되면 끊자"라고 말했습니다. 손가락 빠는 것을 더 이상 금기시하지 않겠다고 마음먹었지만, 아이의 치열에 변화가 생기는 것을 보고는 당장 중단시키기로 했습니다. 손가락을 빠는 힘의 압력에 의해 앞니가 돌출되고 변형이 올 수 있다는 말을 들으니 끊게 해야겠다는 생각이 확실히 들더라고요.

채린이에게 크게 스트레스를 주지 않으려고 자기 전에 손을 빨고 싶어 하면 손을 꼭 잡아 주었습니다.

"채린아, 넌 마음만 먹으면 뭐든 할 수 있지? 엄마는 믿어. 요즘 채린이 이 모양이 자꾸 들쑥날쑥해져서 엄만 너무 속상해. 그런데 말이지. 지금 손가락 빠는 것을 그만두면 이 모양이 원래 예쁜 모습 그대로 돌아올 수 있대. 아주 힘든 일이니까 엄마가 도와줄게. 네가 잠들 동안 엄마가 손을 잡아 주면 되겠지?"

그리고 정말 며칠 간 손가락을 빨지 않고 엄마 손을 잡은 채 잠들었습니다. 아이가 먼저 와서 "엄마, 손 잡아 주세요!"라고도 했습니다.

다음에는 인터넷을 검색해 치아 교정 사진들을 아이에게 보여 주었습니다. 그리고 "채린아! 엄마는 채린이가 이렇게 되는 거 싫어. 채린이도 그렇지? 조금만 참으면 손가락 끊을 수 있대. 힘들겠지만 견뎌

보자. 그럼 채린이 이도 원래대로 돌아올 수 있대."

효과가 있었습니다. 아이의 행동 수정을 위해 행동에 따르는 불이익을 설명하면 효과가 있다고 합니다. 어느 순간 손가락 빨기를 뚝 끊더라고요. 지금은 아득한 옛일처럼 느껴지지만 당시에는 정말 큰 숙제였습니다.

채율이와 채이는 손가락을 빨지 않았지만, 빤다 해도 느긋하게 대처할 수 있을 것만 같네요.

저는 이 일을 통해 아이는 고정되어 있는 것이 아니라 언제든지 변화할 수 있다는 것을 또 깨달았습니다. 오늘 안 된다고 내일도 안 될 것도 아니고, 어느 순간 달라져 있는 게 아이들이기도 하다는 것을요. 기다려 주고 같이 방법을 찾으면 아이가 스스로 해내는 날이 옵니다.

후기

학원 강사로 일하다 아이를 낳은 저는 한때 육아가 세상에서 가장 가치 있는 일이라고 자부하며 아이를 돌봤습니다. "공부가 가장 쉬웠어요"라고 말하는 아이로 거뜬히 키울 수 있을 것 같았지요.

그런데 연달아 임신 출산을 반복하며 아이를 셋 낳아 키우다 보니 '애 키우다 내 인생이 끝나겠구나', '나는 정녕 사회에서 도태되는구나' 하는 생각에 우울감에 젖는 날이 많았습니다. 육아로부터 찾아온 자괴감은 '도대체 내가 잘할 수 있는 일이 무엇인가'라는 기초적인 물음에 도달하게 되었습니다.

그렇다고 축 처져 있을 수만은 없었지요. 그런 상황에서 제가 할 수 있는 일을 찾다가 육아를 하며 얻은 생각과 배움을 글로 적기 시작했습니다. 아이들을 키우며 때로 외면하고 싶던 나의 모습과 마주했고, 내 아이를 위해 그런 모습을 변화시키려 노력도 했습니다. 책을 읽고 글을 쓰는 매일이 새로운 깨달음을 얻는 소중한 시간이었습니다. 그러니 '육아의 시간이 인생에서 소외된 암흑기만은 아니다. 이 시간이 나에게 귀하게 돌아올 것이다'라는 생각에 이르게 되더라고요. 그러면서 스스로 성장할 수 있었으니 어찌 보면 육아의 시간은 나를 돌보는 과정이었습니다. 게다가 책을 내고 싶다는 바람을 육아라는 시간이 가져다줄지는 꿈에도 몰랐습니다. 되돌아 보면 육아의 모든 순간은 가치 있는 것이었습니다.

저는 여전히 부족한 부분이 많은 엄마이지만, 아이들에게 가장 큰 사랑을 줄 수 있는 사람이기도 합니다. 이 책임을 늘 잊지 않는 엄마가 되도록 평생 노력하고 성장할 것입니다.

어찌 보면 당연하고 뻔한 것들일지라도 육아 기간에는 이미 알고 있던 좋은 것들이 제대로 작용하지 않는 이상한 경험을 합니다. 하지만 우리는 이런 결함 속에서 아이들을 키우고 아이들과 함께 늘 새로운 하루하루를 살아냅니다.

제가 힘들었던 것처럼 육아로 힘든 시간을 보내고 있는 대한민국 엄마들에게 이 책이 조금이나마 힘이 되었으면 좋겠습니다.

소중한 시간을 이 책을 읽는 데에 내어 주신 엄마들께 감사를 드립니다.

우리 스스로 지난 육아의 시간을 돌아보며 미소지을 수 있기 바라며

2014년 11월

이순영

참고 자료

가토 다이조, 이인애 외 역, 《나는 왜 눈치를 보는가》, 고즈윈, 2006.
김남조, 《가슴들아 쉬자》, 시인생각, 2012.
김대행, 《웃음으로 눈물 닦기》, 서울대학교출판부, 2005.
김선경, 《서른 살엔 미처 몰랐던 것들》, 걷는나무, 2010.
김시습, 《금오신화》, 청목사, 2001.
김영애, 《의사소통 방법론》, 김영애가족치료연구소, 2008.
김영훈, 《엄마가 모르는 아빠효과》, 베가북스, 2009.
김재은, 《유아 문제 행동의 특징과 지도 방법》, 국민서관, 2002.
김진락, 《꾀꼬리만의 생각》, 바라미디어, 2007.
라이너 풍크, 김희상 역, 《내가 에리히 프롬에게 배운 것들》, 갤리온, 2008.
매튜 맥케이, 구승준 역, 《화내는 부모가 아이를 망친다》, 한문화, 2006.
버지니아 사티어, 한국버지니아사티어연구회 역, 《사티어 모델- 가족 치료의 지평을 넘어서》, 김영애가족치료연구소, 2000
송성자 외, 《경험적 가족치료- 사티어 이론과 기법》, 중앙적성출판사, 1994.
신숙, 〈사티어의 가족치료 이론 안에서 의사소통과 자존감의 관계에 관한 연구〉, 한세대 대학원 석사, 2008.
신의진, 《아이보다 더 아픈 엄마들》, 랜덤하우스중앙, 2002.
앨버트 엘리스, 김남성 역, 《스트레스 상담》, 민지사, 2000.
에리히 프롬, 설상태 역, 《사랑의 기술》, 청목, 2001.
에릭 번, 우재현 역, 《심리적 게임》, 한국교류분석협회, 1993.
이케다 다이사쿠, 《여성에게 드리는 글 365일》, 화광신문사, 2008.
이해인, 《작은 기도》, 열림원, 2011.
정목, 《달팽이가 느려도 늦지 않다》, 공감, 2012.
정약용, 박석무 역, 《유배지에서 보낸 편지》, 창작과비평사, 1991.
조수철, 《엄마는 주치의》, 경향미디어, 2009.
존 스미스, 조민희 역, 《포옹》, 이끌리오, 2007.
칼 비테, 김락준 역, 《칼 비테의 자녀교육법》, 베이직북스, 2008.